李五泉

山东平原人,1943年生于哈尔滨市,当代作家、剧作家。编审,中国作家协会会员。曾在黑龙江省商业厅任职,后从事文学艺术工作,历任哈尔滨画院书记,哈尔滨市作家协会副主席兼秘书长,哈尔滨文艺杂志社社长、总编辑兼《小说林》《诗林》主编,哈尔滨文学创作所书记。1977年开始发表作品,出版有长篇小说、中短篇小说、散文、随笔二百余万字,编剧有电影、电视剧、话剧多部,主编有《冰城十年文学选》等。代表作有长篇小说《街上有狼》,中短篇小说《老景》《戏班》《走进月光》。曾获东北文学奖、天鹅文艺大奖等多项奖励,作品被译为英、俄、日、韩等多种语言。

中短篇小说集

戏 班

李五泉 著

百花洲文艺出版社

图书在版编目(CIP)数据

戏班 / 李五泉著. -- 南昌：百花洲文艺出版社，2025.6
ISBN 978-7-5500-4002-1

Ⅰ.①戏… Ⅱ.①李… Ⅲ.①中篇小说－小说集－中国－当代②短篇小说－小说集－中国－当代 Ⅳ.①I247.7

中国版本图书馆CIP数据核字(2020)第266805号

戏班

XIBAN

李五泉　著

出版人	陈 波
责任编辑	余丽丽
书籍设计	方 方
制 作	何 丹
出版发行	百花洲文艺出版社
社 址	南昌市红谷滩世贸路898号博能中心一期A座20楼
邮 编	330038
经 销	全国新华书店
印 刷	浙江海虹彩色印务有限公司
开 本	720 mm×1000 mm 1/32
印 张	6
版 次	2025年6月第1版
印 次	2025年6月第1次印刷
字 数	130千字
书 号	ISBN 978-7-5500-4002-1
定 价	43.00元

赣版权登字 05-2020-348

版权所有，盗版必究
邮购联系 0791-86895108
网 址 http://www.bhzwy.com
图书若有印装错误，影响阅读，可与承印厂联系调换。

目录

戏　班 / 1

老　景 / 54

曲　调 / 65

走进月光 / 75

绿　地 / 89

错　乱 / 107

江边小楼 / 123

武　生 / 141

啊，雪花 / 148

她 / 162

在拥挤的车厢里 / 167

黑色半导体 / 176

戏班

一

东傅家区副区长刘兴魁被人杀死在华乐舞台的底幕后边。他穿了一件酱色袍子，歪着身子躺着，长袍下摆被人撩起来盖在头上，露出肥大的裤腰和腆着的肚子，身上还散着酒气。市警察署长赵家琦用手掀开遮着脸的袍子，露出那张灰白色的面孔。人死了，那圆睁的眼睛和张着的嘴巴显得空洞。赵家琦又查看了死者的伤口，刘兴魁的后脑勺被钝器打击，头发里还浸着血，巡视周围，并没有发现凶器。

赵家琦问站在一旁的华乐舞台掌柜曲子敬："曲掌柜你说谁杀死了刘兴魁？"

曲子敬哈着腰，皱着眉头哭丧着脸说："署长，这种事情我上哪儿知道去？昨天散戏的时候已经是后半夜，没有人到后台来，你得问庆春班的人才行啊。"

戏班子里的人平日里咋咋呼呼，七星北斗，三皇五帝，都能说出花儿叶儿，出将入相，煞有介事，一遇到麻烦，早就吓得尿了裤子，躲得远远的，连个人影也见不到。只有一个打杂的小伙计，站在后台角落里向这里张望。这小伙计十七八岁，留着分头，脸色苍白，衬得一双眼睛又黑又亮，平日不爱说话，显得有些呆气。他是戏班一个丑行男角从街头捡回来的孤儿，带在身边，相依为命，起了个名字叫丑二，教他一些腰腿上的功夫，不慎摔断过一次腿，更不幸的是那位丑行男演员染上肺病，一病不起，撒手走了。丑二又成了孤儿，他就跟着戏班打杂，烧水，给角儿送茶，演戏时跟着检场，摆摆桌椅撑个布景什么的，有时凑不齐人，跑个龙套，扮个狗形，一个极不起眼的角色。

　　署长赵家琦向小伙计招手，丑二就走过来，眨巴着又黑又亮的眼睛等着署长问话。

　　赵家琦问："你知道是谁杀死了刘兴魁？"

　　丑二说："不知道。"

　　赵家琦又问："昨天晚上散戏时，谁到后台来过？"

　　丑二说："就我一个人，没见谁到后台来。"

　　赵家琦就奇怪，问："你什么时候发现刘兴魁死在这里？"

　　丑二说："今天早上我起来撒尿，看见他躺在这里，我以为他喝多了，醉在这里，喊了几声没动静，才知道他死了。"

　　警察署长赵家琦正色地说："你要说实话，撒一句谎就得跟着吃官司，弄不好要了你的命。"

　　庆春班打杂的小伙计就用又黑又亮的眼睛盯着署长，不再讲话。

曲子敬在一旁说："他还是个孩子，平时就知道干活，呆头呆脑的。"

"孩子？"赵家琦上下打量着丑二，"就这种呆头鸟儿才做大事呢！说不定他就是凶手。"

曲子敬弓着腰，可怜巴巴地说："署长，这是人命关天的大事，你可是金口玉牙。"

署长赵家琦掏出香烟，点燃了一支，曲子敬忙示意丑二，丑二搬过一只太师椅让他坐下来。赵家琦说："你们知道刘兴魁是什么人，他虽然是开烟馆赌馆出身，可日本人器重他，他那一大笔捐献金不仅让他当上了东傅家区副区长，还得了一枚满洲建国勋章，他现在是日本人眼中的红人。一个小小分区副区长，连我这个署长都不放在眼里，他暴死在华乐舞台，你们谁也逃不了干系！"

曲子敬吓得语无伦次："署长，你、你……你可别草菅人命。"

赵家琦狠狠吸了一口烟，吐了出来，烟圈一个套着一个飘浮着，由圆到扁，由扁到散，慢慢地淡去。赵家琦冷笑起来，他说："这事儿用不着你来教训我，我知道怎么回事，我不问了，问也是白问，我现在就抓人。"

二

警察署长赵家琦真的从庆春班里抓走了两个人，一个是庆春班的名伶圆玉，一个是庆春班的班主胡鸣柳。抓圆玉时，圆玉刚起床，披一件绿绸布小棉袄，里边是粉红兜布，穿一条红裤子，趿拉着一双半新圆口绣花鞋，蓬着头发，惺忪着眼，由于长年熬夜，眼晕发黑，皮肤发黄，一副无精打采的样子，和戏台上粉红粉白的扮相判若两人，只是她身上发出的脂粉气，让人想到她漫长的梨园生涯。圆玉见警察署长带着人闯进来，吃了一惊，半张着嘴，狐疑地望着赵家琦，忙乱地穿上绸布小棉袄，扣着扣袢，嘴里张罗着："长官快请坐，这地方又脏又乱，让长官见笑了。"说着又忙着梳头洗脸，沏茶倒水，忙得屋里的人眼花缭乱。

警察署长赵家琦摆着手说："免了吧圆小姐，我今天有公事，你得跟我走一趟。"

"什么事啊，要唱堂会吗？长官让人传个话就行了，何必劳长官大驾？"

"唱什么堂会？那个刘兴魁昨晚被杀死在华乐舞台，这事儿和你有牵连。"

"怎么，他死了吗？"顷刻间，圆玉那泛黄的脸变红了，睁圆的杏眼蒙上了泪水，她带着哭腔说，"他怎么死了呢？长官，您这不是要抓人吗？我可没杀人，您凭什么抓我呀！"

赵家琦说："刘兴魁不是天天捧你的场，到后台来找你取乐吗？他给你置办行头，请你吃饭，邀你跳舞，你满心不愿意，不是还要笑脸相迎吗？他想和你睡觉，你又甩不了他，你恨不得杀了他，剐了他，碎尸万段，如今他死了，死在后台上，不抓你抓谁呀！"

圆玉哭得更凶了，眼泪扑扑簌簌往下滚着，她在床上乱翻，不知从哪儿掏出一条绣花手绢，又擦眼泪，又擦鼻涕，然后团成一团儿，扔到床底下，抽搐着说："长官您冤枉我，刘爷关照我，疼我，是我的恩人，我在哈尔滨打场子，全靠刘爷抬举，我怎么能杀他呢？"

"戏子都会这一套，你蒙不了我。"

"长官我真的没杀人，我是女人，最怕见血了，我怎么能杀人呢？"

"什么真的假的，女人怎么样？最毒不过女人心，我见多了。"

"长官！"圆玉突然愣怔一下，脸色苍白起来，回身冲赵家琦跪下来，说，"长官您别是官报私仇吧？圆玉得罪过长官，圆玉是个戏子，那也是身不由己，长官您大人大量，大人不计小人过，千万别跟一个小女子计较呀！"

圆玉想起去年的一天，警察署长赵家琦带了几个朋友来华乐舞台，点名要听圆玉的《玉堂春》，圆玉妆都扮好了，上台前被刘兴魁从后门接走，让去他家唱堂会，那时他刚当上副区长，在家里宴请日本人。赵家琦气得暴跳如雷，虽然刘兴魁只是一个分区副区长，但他请的都是日本人的要员，也无可奈何，只是当场打了庆春班班主胡鸣柳几个耳光，拂袖而去。

此时赵家琦并不动气，说："这是人命大案，由不得你耍小性子，换件衣服，跟我们走吧。"

"长官……冤枉啊！"圆玉胡乱换了一件衣服，走到门口，又想起什么，手把着门框，目光在屋里乱寻，嘴里说着："我的猫，我的猫怎么办？"

赵家琦说："别管你的猫啦，先想想你自己吧。"

传胡鸣柳时，这位班主脸色苍白，两腿发抖，说话也结巴了，胡鸣柳说："长官，这事和我无关，我没杀人，我怎么会杀人呢？我凭什么杀人呢？我又没活糊涂。"

赵家琦就问："这事儿和你无关，那你说和谁有关？"

胡鸣柳说："这是人命关天的大事，我怎么能说得清楚呢？"

赵家琦说："你是庆春班的班主，是掌柜的，对吧？"

胡鸣柳点头："对。"

赵家琦说："圆小姐是庆春班的摇钱树，你得敬着她，哄着她，生怕这摇钱树有什么闪失，更怕有人连根给拔了，对吧？"

胡鸣柳支吾着："这……"

赵家琦说："所以，这事儿你脱不了干系。"

胡鸣柳几乎要哭了，这位唱老生出身的班主又搓手，又跺脚，把舞台上的功夫都吓了出来，他说："这是从哪儿说起呢，我一个带戏班跑码头的，敢招惹谁呀！刘兴魁是什么人？码头上的刘爷，地方上的长官哪，你给我十个胆，我也不敢杀人呀，我不能拿着鸡蛋碰石头，自己找着断子绝孙哪！"胡鸣柳抬头与赵家琦冷峻的目光相遇，吓得心惊肉跳，绝望地说："署长，你不是还想着庆春班给你亮台的事吧，圆小姐给刘兴魁唱堂会，实在是身不由己，当初你骂也骂了，打也打了，气也出了，千万别再把我搅进人命案子里，让哈尔滨也下六月雪呀！"

赵家琦皱着眉头打断他的话说："好了，少啰唆几句吧，我问你，昨天晚上什么时候散的戏？"

"后半夜吧。"

"散戏后谁送圆小姐回的家？"

胡鸣柳有些心虚，犹豫了一会儿才说："我……"

"每次都是你送圆小姐回家吗？"

胡鸣柳额头上冒了汗，掏出手绢擦着："不，不是……每次都是跟包的陪着，昨天跟包的不在，我才送她。"

"跟包的呢？"

"跟包的先头走了。"

"为什么？"

"刘兴魁要带圆玉小姐出去吃夜宵。"

"圆玉小姐去了吗？"

"没去。"

"后来呢？"

"后——来？"胡鸣柳终于支持不住，跌跌撞撞地跪在地上，嘶哑着嗓子说，"署长，我真的没杀刘兴魁，我对天起誓。"

赵家琦说："我不和你啰唆，你跟我们走，到了警察署，你就会实话实说了。"

三

胡鸣柳和圆玉被警察署长带走,庆春班塌了天,人心也散了,只有两个人没闲着,那就是打杂的丑二和圆玉的徒弟花小兰。丑二大清早点着了炉子,蹾上大洋铁壶烧水,戏班的人都是水桶肚子,就是不演戏也要喝水,大茶缸子一缸子一缸子地灌,丑二闲不着。丑二烧上水,就坐在一条长凳上发呆。炉子不大好烧,屋子里灌满了烟,窗子是开着的,院子里传来咿咿呀呀的声音,这是花小兰在吊嗓子。花小兰每天早上都早早起来练功,吊嗓子,这几天戏班子出了事,大伙儿都蔫头蔫脑的,可花小兰没心没肺,依然如故,这让丑二心烦,但丑二管不了闲事,只好烧他的水。一壶水还没烧开,就听见背后的门一阵乱响,眼角里闪过一片桃红,接着就是尖细的喊声:"丑二,我打开水。"

丑二不用回头就知道进来的是花小兰,十五岁的花小兰跟圆玉学戏,已经开始露脸,她嗓子亮,身段扮相都好,眼瞅着挂牌充角,正是气盛的时候。穿着红衣红裤的花小兰把手里提着的白瓷壶放到炉台上,捏着兰花指,又说了一遍:"我要打开水。"

丑二瞪了她一眼,半天才说:"水还没烧开呢,你打什么水?"花小兰吊眉杏眼,一副小美人坯子模样儿,只是嘴唇有些薄,丑二总觉得她的嘴像刀片子,平时圆玉骂她时也说她是丫头精刀片子嘴,天生小刁老婆相。花小兰见丑二发呆,就撇着刀片嘴说:"丑二你连一壶水都烧不开,还能干什么呢?"

"烧不开水怨炉子,也怨不着我。"

"你还嘴硬。"花小兰也不示弱,她指着炉台上的瓷壶说,"我吊了一早的嗓子,连口水都喝不上,戏班子白养活你了。"

"你师父被抓了,你还有心思吊嗓子,你真没良心。"

"我师父被抓,我不吊嗓子她就能出来吗?我又没送她进监狱,送她进监狱的人才叫没良心呢!"

"你说这话是什么意思?是谁送她进监狱啦?"

"谁好心换了驴肝肺,这话儿能摆到戏台上说吗!"

"你……反正你没有良心。"

"你有良心?我师父被抓,你又干什么啦?还不是在这儿照旧烧你的水?"

"你?!"丑二气得憋红了脸,把头扭到一边。花小兰得意地笑了,说:"好了丑二,咱不说这事了,待会儿烧开了水,灌上瓷壶给我送去,我渴死了,我等着喝你烧的水呢。"

"你不是角儿,我干吗伺候你?"丑二和花小兰都是在戏班长大的孤儿,常做伴儿,也常拌嘴儿,花小兰眼看着学成角儿,嘴巴又刁,总爱奚落丑二,但丑二不怕她。

"丑二你不识好歹,你早晚得伺候我,你知道不?等我挂了头牌,看我怎么阴损你。"

"你挂你的头牌,关我屁事。"

"我是角儿啊!我花钱雇你,有钱你干不干?你是孙猴子,也逃不过如来佛的手心,我让你跟在我身后,提箱端茶倒水,任我吃喝,任我骂,不过我不打你,我打不过你。"

丑二想骂她小妖精,但丑二口拙,他骂不出来,丑二就把炉台上的瓷壶拿下来，塞到花小兰的怀里，说："要打水你上后台去，我把水送到后台，管你怎么打，打多少都行。"

花小兰也不示弱地说："你一个管水锅的也敢欺负我，告诉你，丑二，我跟师父学戏，什么事儿都看在眼里，你人小心大，你……你得罪了我没你好果子吃。"

丑二说："你看出什么来了？你别编瞎话。"

花小兰说："你看我师父练功，吊嗓子，只要我师父出来，你就一左一右地盯着看，一会儿送水，一会儿送毛巾，师父一喊冷，你就屁颠屁颠地去拿衣服。"

丑二说："亏你说得出口，你是拜过师的徒弟，师徒如母女，这都是你干的活儿，你支使我干，我干了你又损我。"

花小兰说："我是让你伺候我……可你人小心大。"

丑二说："你小心点儿，别到处显摆。"

花小兰说："我显摆什么啦！我又没杀人……"

丑二被呛得涨红了脸，瞪起又黑又亮的眼睛，那眼神里便涌出凶狠的光泽，这让花小兰害怕，伶牙俐齿的花小兰马上变了腔调，她说："丑二您别生气，您还真生气呀，我是跟您闹着玩呢。等我挂了头牌，也让您演戏分戏份，对您好还不行吗？"

这时炉台上的大洋铁壶里的水烧开了，发出尖利的叫声，丑二提起水壶要走，花小兰拦住他，跺着脚说："你别走啊！我叫你丑二哥还不行吗？丑二哥！二丑哥！丑丑哥！我打水刷牙洗脸，我不和后台那些臭男人一块儿用水，我嫌他们弄脏了我的手脸。"

丑二想了想，把大洋铁壶放回炉台，说："你的水你自己灌，我不管。"

花小兰把抱在怀里的瓷壶放回炉台，说："我一个女孩儿家，提不动大水壶，丑二你心太狠。"

丑二无奈，板着面孔给花小兰的瓷壶里灌满了水，花小兰提着瓷壶，退到门口，捏起兰花指，抿着嘴唇笑了，说："丑二，我说过你逃不出我的手心，不过我不管你的事，我不会像我师父圆玉那样阴损你。"

花小兰提着水壶走了，望着红袄红裤扭着腰肢的花小兰走过积雪的院子，丑二小声骂了一句小妖精，觉得不解恨，又骂了一句小贱人，才提着大洋铁水壶走了出去。

四

平日夜里有戏，大清早后台是没有人影的，因为出了人命案，又因为抓了戏班的人，日子乱了章法，死静的后台嘈杂起来。演员们既不吊嗓，也不练把式，用不着说戏对戏，聚在这里乱呛呛，议论着刘兴魁的死和胡鸣柳、圆玉被抓。华乐舞台掌柜曲子敬也早早来到后台，他对唱老生的金文祥说："金老板，你看你看，这不是祸从天降吗！前后台人心惶惶，总得想个办法啊！"

庆春班主和坤角儿不在，金文祥成了主心骨，但金文祥拿不出主意，只能埋怨道："这赵家琦不是个东西，他们二位哪是杀人的主啊，明摆着和戏班子过不去。"

曲子敬也感叹:"是啊是啊,他是署长,捏个把戏子还不是像捏臭虫似的。"

庆春班的人都想起去年圆玉亮了赵家琦台的事儿,明白曲子敬所指,金文祥说:"他这是官报私仇啊!"

坐在一旁的花脸于利三粗门大嗓地说:"也别这么讲,这年头人心隔肚皮,和爹娘还藏着心眼呢,这人死在华乐舞台,谁知道谁呀!"

曲子敬忙说:"于先生,这种话儿可乱说不得。"

于利三说:"我又没指名道姓……"

金文祥来了气,说:"杀了又怎么样?刘兴魁是什么东西?是魏忠贤,是严嵩,是景阳冈上的大虫,听说他当上东傅家区副区长后,又给日本人捐了五百副手铐脚镣,这种人死有余辜,杀死刘兴魁是为民除害,是大英雄。"

于利三说:"理是这个理,可话儿好说不好听,大家都是跑江湖的,谁杀人谁站出来,好汉做事好汉当,别连累他人背黑锅蹲笆篱子。"

于利三的话犯了忌,庆春班的人都知道,谭派老生金文祥平日里最看不得不平事,背地里经常历数刘兴魁的罪状。一次他在台上演《打严嵩》,他扮演御史邹应龙,因为刘兴魁在台下听戏,他借题发挥,把浑身的解数都使了出来,唱念做打,痛快淋漓,博得好几次满堂彩。金文祥得意忘形,下台后口出狂言,说我手里打的是老贼严嵩,心里头打的是那恶霸刘兴魁。这话不知怎么传到刘兴魁耳朵里,刘兴魁冷笑着说:"好啊,这金文祥皮肉痒了不是,哪天会会,咱们打一个看……"吓得金文祥几天不敢扮戏,甚至想远走高飞离开庆春班。于利三的话刺到了他的疼处,让他心里不痛快。

金文祥说:"你把话说明白,谁背谁的黑锅,你想屈赖谁不成?"

于利三说:"你心惊什么?不做亏心事,不怕鬼叫门。"

金文祥说:"谁心亏?我看你小子就不清白。"

于利三急了,说:"你血口喷人!"

金文祥也不示弱:"我血口喷人?那天刘兴魁到后台来,扇了谁的嘴巴子?你当面大气不敢出一口,背地里骂了三天娘,还磨了一把刀揣在怀里,戏班里谁不知道。"

于利三嘴巴有点发软,摸着刮得光光的头说:"我是没有机会,有机会你以为我不敢哪,哪个王八蛋不敢——只是……这次确实和我无关。"

金文祥说:"谅你于利三也没那个胆气。"

曲子敬忙打圆场,说:"好了好了,都是自家兄弟,各位就别吵了,自家兄弟关上门说话别高声,人命关天,可不是怄气的事儿,乱说不得,现在要紧的是把圆玉和胡老板保出来才好。"

于利三冷笑着说:"不抓着真凶,警察署肯放人吗?听说人进了特高课,成了政治犯,麻烦就更大了。"

金文祥说:"这就怪了,是谁杀了刘兴魁呢?"

正说着,丑二提着大水壶走了进来,和往常一样,丑二将摆在桌子上,胡乱放在高台上衣箱上的茶杯、泥壶一一沏上水,然后用棉布套将大水壶套上，放到桌子上。平日这个时候他便退出去了，今儿却反常，一屁股坐在身后的大衣箱上，转着两只又黑又亮的眼睛，也想听个事儿。

没人在意丑二的去留，于利三端起大茶杯，噘起嘴唇去吹那浮在水面上的茶叶，然后喝下一口热茶，回过身来的时候，突然吼了起来："丑二，你敢坐在龙口！"

于利三这粗大的嗓门一吼，众人才注意到丑二坐在大衣箱和二衣箱的合缝上，这犯了扼喉咙的禁忌，那目光也都带上了嗔怪，丑二脸突地红了，从衣箱上跳下来。

金文祥也感叹："戏班正背时，各位都在意着点儿。"

曲子敬忙打圆场，说："丑二不常来后台，忘了规矩。"

于利三不依不饶："你也在戏班多年了，没吃过猪肉，还没见过猪走吗！"

丑二便垂下眼帘，拘泥地站了一会儿，觉得无趣便要走，金文祥喊住了他："丑二，你别走，我有话要问你，你夜里睡在舞台幕后，总该知道点什么吧？"

丑二说："知道什么？"

金文祥说："知道谁杀死了刘兴魁。"

丑二眨着又黑又亮的眼睛反问："我睡在舞台幕后，怎么就该知道谁杀死了刘兴魁？"

金文祥说："出了那么大的事，你就没有听到一些动静？"

丑二说："我觉大，你也不是不知道，打雷下雨都惊不醒我。"

"那警察为什么要抓胡老板和圆玉呢？"

"那你问警察去。"

于利三走过来，站到了丑二对面，说："你小子也这么冲，你说，胡老板和圆玉什么时候离开舞台的？"

丑二想了想，说："我又没有怀表，记不清时辰，我只知道他们没有杀人。"

"你怎么知道他们没有杀人？"

"他们走的时候，刘兴魁还在后台。"

"那么晚了，刘兴魁在后台干什么？"

"他没干什么。"

"那么谁把他杀了呢？"

"你们又说这个啦，我只知道胡老板和圆玉小姐没有杀人，不知道谁杀了人，就这些。"

金文祥和于利三盘问丑二时，戏班的人都屏住呼吸听着，见丑二回答得不得要领，有的笑，有的骂，都说这丑二脑袋不开窍，问他不如问大腿了。

五

华乐舞台出了人命案，死的又是出了恶名的刘兴魁，惊了半个哈尔滨，平日里午夜锣鼓喧天的华乐舞台，如今冷冷清清，人们从戏园子门前走过，都低头嗫语，脚步匆匆，像躲瘟疫一样。人们听说庆春班主和名伶圆玉被牵连，抓进了牢房，都惊得伸出了舌头。又听说这案子被日本人定为反满抗日分子所为，那个矮墩墩的黑田副署长，像个咆哮的公熊，每天都带着摩托车队到处抓人。特高课的牢房里关押了三十几个嫌疑犯，刑讯室里昼夜都传出犯人的嚎叫声。这里如今是满洲国，满洲国不仅是警察署，满洲国所有的机关衙门当头的是中国人，说了算的是日本人。所以，当警察署长赵家琦再次来到华乐舞台时，脸色铁青，那愤懑的表情好像谁在背后捅了他一刀，他又不能喊叫一样。

赵家琦坐在圆玉的化妆室里的一把圆背转椅上，他是来庆春班找丑二取证的。他并不急于见丑二，他对破案并没有兴趣，刘兴魁死就死了，他甚至有点幸灾乐祸，他虚张声势地抓人不过是想敷衍日本人，也出出自己的闷气，他要把这种案子办成死案易如反掌，但那个小题大做的黑田打乱了他的如意算盘，关进特高课牢房里的三十几个人证明，他不过是日本人手中可用可弃的棋子而已。

赵家琦点燃了一支香烟。透过淡淡的烟环，他的目光落到了那面沾满脂痕的镜子上，镜子里映出站在他身后的曲子敬那张不知所措的脸，随着烟圈的散去，赵家琦突然无声地笑了，赵家琦说："曲掌柜，你说刘兴魁该不该死？"

曲子敬不知怎么回答才好，脸都憋得变了形。赵家琦说："你不敢说是吧，其实你心里明镜似的，这家伙死十次都有余辜，这家伙仇人太多，想要他命的人也不少，被他图谋财产的冤家，被他霸占过女人的男人，还有黑吃黑的对头……"

曲子敬小声附和着说："所以……所以说冤有头，债有主，杀人总得有个缘由不是？"

赵家琦转过身来，转椅立刻发出吱吱嘎嘎的响声，赵家琦变颜变色地问："你这话是什么意思？你是说我错抓了胡鸣柳和圆玉？"

曲子敬忙不迭地说："不敢不敢，你是署长，执法如山，爱民如子，不会冤枉人的。"

赵家琦说："你别和我来这一套。我最看不惯这阴一套阳一套的样子。"

"这……"

"这什么？"

"这……"曲子敬从怀里摸出一张装裱好的折子，递给了赵家琦，"这是商家和庆春班联名具保的名册，请署长过目。"

赵家琦接过折子，打开一看，是密密麻麻的商号名单，还有庆春班的名单，是保释胡鸣柳和圆玉的。赵家琦脸上就出现了复杂的表情，赵家琦说："你们说胡鸣柳和圆玉不是凶手，谁是凶手？曲掌柜你说！"

"你看你，署长，你又让我说了，我能随便说吗？不是要丑二说吗？"

"丑二说了顶什么屁用……这小子猫到哪儿去了，到现在也不露面？"

"丑二早就候着您呢。"

丑二当时还在院子里劈桦子，他来后台时搓着冻红的双手，还不时地用搓热的手去捂冻红的鼻子。赵家琦也不看他，两眼盯着角落里供奉的梨园祖师爷，祖师爷身上落满了尘土，香炉里残断的香灰证明这里很久没人供奉香火了。丑二的目光也跟着落到祖师爷的塑像上,耳边却响起了赵家琦的声音:"胡鸣柳和圆玉说了,那天晚上他们离开华乐舞台时,刘兴魁还活着,你是证人。"

丑二点点头,见赵家琦依然不瞅他,只好说了一声:"是。"

"他们走的时候,你还在后台。"

"是。"

"能当证明人吗?"

"能。"

"你在后台干什么?"

"我?"丑二说,"每天散戏后我检场扫地。"

"那么说你应该知道谁是凶手了。"

丑二犹豫着,就从口袋里掏出一个梨木雕花烟斗,他把烟斗举到赵家琦眼前,说:"这是当天晚上在舞台上捡的,那位刘爷不吸烟,庆春班里没人用这种烟斗。"

赵家琦一把夺过烟斗,仔细地看了半天。这是侨居哈尔滨的俄国人喜欢用的烟具,这烟斗在中国人中也比较流行,成为一种时髦,外来语称木斯斗克,在哈尔滨用这种烟斗的人成千上万。赵家琦把目光移到丑二的脸上,冷笑着问:"你这算什么意思,要当物证?"

丑二说:"我是当场捡的。"

赵家琦厉声地问:"你当时为什么不交给我?"

丑二说:"我喜欢……就把它藏了起来。"

"你现在拿出来有什么用?是想证明胡鸣柳和圆玉不是凶手吗?"

"是。"

"那谁是凶手?是这个烟斗吗?"

"我不知道,你是署长,你应该知道谁是凶手。"

赵家琦愣了一下,目光死死地盯着丑二,丑二也不回避,俩人对视了一会儿,恼羞成怒的赵家琦猛一挥手,打了丑二一个嘴巴,冷不防的丑二被打翻在地。赵家琦又上前一步,狠狠地抓住丑二的衣领,把他提了起来,怒气冲冲地吼着:"丑二,你这黄口小子,还敢跟我来这一套,你真的吃了熊心豹子胆啦!"

"我说的是实话,你抓错了人。"

"丑二你不知天高地厚,别以为我不敢再抓人,牢房里关了三十几个人了,不差你一个。"

丑二紧闭双眼,领口被赵家琦抓着,脸憋得通红,讲不出话来了。赵家琦又把他狠狠地推倒在地,踹了一脚。站在一旁的曲子敬吓得打起哆嗦,他弯下腰,低声下气地说:"署长,你可别在这儿打人哪,戏班规矩多,这儿供着他们的祖师爷,撞了神龛是大不敬。"

"什么祖师爷,都是勾栏瓦肆的勾当,我偏要在这儿开荤。"赵家琦说着,气咻咻地解下腰间的皮带,用力抻了抻,一皮带抽在大衣箱上,啪的一声响。赵家琦喊:"丑二,你别装傻充愣,我让你尝尝皮带的滋味。"

丑二脸上堆起了恐惧，他一恐惧就闭上眼睛，他就那样皱着眉，闭着眼睛等着落下来的皮带，就在这时，透过布帘，从戏台上传来《西厢》的唱段：

俺那里落红满地胭脂冷，
休辜负了良宵美景。
夫人遣妾莫消停，
请先生勿得推称。
俺那里准备着鸳鸯夜月销金帐，
孔雀春风软玉屏。
乐奏合欢令，
有凤箫象板，
锦瑟鸾笙。

这曲《耍孩儿》如碧天行云，如石上击水，圆润如脂，高亢如磬，撩得人柔肠百转。赵家琦是个行家，乍一听以为是圆玉在唱，惊愕中品味出那腔中调里多出一份火爆，让赵家琦一下子跌落进去，入了意境，不由得转手放下了皮带。曲子敬忙凑上去说："这是戏班的花小兰，圆玉的徒弟，《西厢》唱得最好，活脱脱一个有板有眼、有血有肉的小红娘。这孩子有天分，又肯下功夫，是块好料，就盼着挂头牌呢！"

"庆春班圆玉在，有她挂头牌子的份儿吗？"

"梨园这行当，天分要紧，大红大紫，大起大落，全靠她的造化啦！"

"这哪是唱戏哪，她这是勾魂呢。"赵家琦低头对躺在地上，闭着眼睛等着挨皮带的丑二说，"起来吧，算你小子有福，今儿饶了你，你可别乱动，这事儿还没完。"

赵家琦来到台口，掀开帘子，见戏台上一个穿着水衣的妙人儿，正甩着水袖舞来舞去，漂在水上一样，赵家琦走上去，问："你就是花小兰？"

"是，长官。"

"你唱得不错，有撩人叫座的本事。"

"您这是夸我呢，长官。"

"我问你一件事，你说是谁杀死了刘兴魁？"

花小兰用杏眼扫了曲子敬和在台口探头探脑的丑二一眼，说："长官，这事儿我可说不好，我不知道的事儿不能乱说。"

赵家琦说："你知道多少就说多少，没人为难你。"

"我什么都不知道，长官您想啊，我每天一大早就得起来吊嗓子练功，台前台后还得围着师父转，大小事都得伺候着，我师父也不是好伺候的……我哪有闲心管别人的事儿。"

"那天散戏后，你在哪儿？"

"我呀，每天散戏我就困得摸不着炕沿儿，我这人贪睡，恨不得立刻就睡死过去。"

"我问你出事的那天晚上。"

"那天晚上又怎么啦？还不是和往常一样，伺候师父卸了妆，跟包的收了行头，我师父说有应酬，我也乐得去睡觉。"

"你说的句句是实话?"

"长官您还要我起誓吗?"

"你不用起誓……你给我唱段《西厢》吧。"

花小兰笑了,薄嘴唇弯得像月牙儿,露出一排整齐洁白亮晶晶的牙,一副唇红齿白的娇媚样儿,花小兰说:"行啊,唱几段都行,只要长官您高兴。"

曲子敬在一旁松了一口气,曲子敬说:"花小兰你得把看家的本事拿出来,署长可是个行家,你糊弄不了的。"

花小兰挑着细眉说:"我哪敢糊弄长官哪,我是怕唱不好长官挑眼呢。"

这气氛一缓和,连丑二也忘了挨打的事儿,站在那里又出了呆相,曲子敬说:"丑二这儿没你的事啦,你去把琴师喊来给署长助兴。"

丑二这才迟疑着离去。

六

丑二转身走的时候,吸引了赵家琦的目光,他盯着丑二的背影出神,害得拿姿作态的花小兰老大的失落。花小兰咿咿呀呀地清了半天嗓子,才把赵家琦唤了回来。赵家琦突然发问:"花小兰,你说丑二这个人怎么样?"

"您问丑二呀,怎么说呢,他这个人做人呢,木头疙瘩一个,看不出眉眼高低,哪头炕热都不知道。做事呢又是个死心眼儿,一条道跑到黑,撞了南墙也不回头的主儿。"

"怎么个死心眼儿，你说说看？"

"哟，长官您这么一问，我还真说不上来了……长官听您这话的音儿您好像还怀疑丑二吗？"

"我谁都怀疑，做警察的看着谁都不顺眼。"

"我说长官您怀疑谁都行，您干吗怀疑丑二呀，刘爷是谁？丑二一个烧水锅的挨得上边吗？他凭什么呀！"

"这年头什么稀奇古怪的事儿没有？丑二这小子一脸杀相，肚子里的肠子也弯了好几道呢。"

花小兰惊慌起来，说："长官您真想抓丑二吗？"

一句话问得赵家琦冒出一股无名火，突然变颜变色，恶狠狠地说："我想抓谁就抓谁，不想抓谁就不抓谁，我这个署长不能只是个牌位，老子也不是吃干饭的。"

花小兰被吓得缄口噤声，半天才说："长官您可别生气，花小兰心软，就不愿意学那悲腔悲调，每次都是师父举着藤棍儿吓唬我，我才能唱出哭腔来，心里头盼的还是朗朗乾坤，太平世界。"

赵家琦也慢慢回过神来，叹口气说："花小兰你一个唱戏的小丫头，知道什么？好了，我今天心烦，不说这个，我就想听戏解闷。"

花小兰问："长官您不生丑二的气了？"

赵家琦瞪了她一眼，说："听戏还有这么多啰唆吗？"

琴师来了，瘦瘦的穿着长袍的琴师手脚忙乱了半天，才定了弦子，花小兰果然卖了力气，一张嘴就把赵家琦镇住了，不由得喝了

23

个碰头彩。花小兰自然得意得不行,精气神上来了,行云流水,大珠小珠,那手眼身段无不出在戏眼上,虽然没有浓妆重彩,但活脱脱一个小红娘,在这空旷的舞台上也火爆得让人眼晕。

花小兰唱了一段《西厢》,意犹未尽,又唱了一段《闯堂》,唱着唱着就觉得哪儿有点不对劲了,在眼角余光里,花小兰发现丑二并没有离开,他站在台口里边,隐隐约约露着半个身子,这叫花小兰分心走神,她怕赵家琦发现不知高低的丑二再有麻烦,精气神就散了,一段《闯堂》下来,花小兰说:"长官,这阵子缺乏师父调教,我可献丑了。"

赵家琦说:"你花小兰果然不错,唱得好,玉是好玉,雕琢得也下了功夫,把戏唱到这份上,也算成了气候了,不怕没有出头之日。"

花小兰说:"长官您可别夸我,我担当不起,有一天我真唱红了,还指望长官抬举我呢。"

赵家琦问:"花小兰多大了?"

花小兰用手比画着:"十五了,吃梨园饭的,再红不起来,转眼就老了。"

赵家琦说:"凭花小姐的本事,哪有红不起来的道理。"

花小兰伤感起来,说:"红了又怎么样,我师父圆玉红得耀眼,捧戏的何止百千,可摊上事儿连个主心骨都没有,还不是任人摆布。"

花小兰说完扫了赵家琦一眼,见赵家琦拉长了脸子,立刻缄口了。

七

这天丑二劈好了桦子,正坐在一堆木桦和碎屑中间,出神地摆弄一件花花绿绿的物件儿,冷风吹来,他那被汗水浸过的内衣,像冰一样刺他的肌肤,让他抖个不停。丑二用力裹了一下衣服,眼神一直没有离开那物件儿,直到花小兰抱着一件棉袍子走到他身边,喊了一声丑二,他才醒过神来,慌忙把那物件儿揣进怀里。

"丑二,你把什么东西藏了起来?鬼鬼祟祟的样子。"

"没什么。"

"我都看见了,花花绿绿的一件女人的物件儿。"

"你瞎说。"

"我才不瞎说呢,我知道那是什么物件儿,也知道是谁的物件儿。"

"你……"丑二皱起眉头把脸转向别处,"你还是瞎说。"

花小兰有些得意,说:"你的事情我知道得多了,什么也瞒不过我,你刚才藏起来的是一块绣花手绢儿,那是我师父的物件,你要是不服气我说给你听听。"花小兰把戏里的功夫都拿了出来,像《拾玉镯》里的刘媒婆戏弄孙玉姣似的,模仿着当事人的动作,边说边做,边做边说:"那天我陪师父上街买绸布,回来的时候我师父给拉洋车的掏钱,把披在大襟上的手绢儿掉在地上,当时你在门口候着,趁人不注意捡了起来,死死地捏在手里,对不对?我师父也是小气的,平日我给她梳头,掉根头发她都心疼地骂我，她心爱的物件丢了，她能不找吗？她就满地寻觅，东看看西看看，像是草地上找绣花针似的，光溜溜的马路丢一块花花绿绿的手绢儿，用得着那么费力吗？丑二你是老实人，老实人做不了贼的，做贼心虚，都带在脸上，让我师父看出来了，我师父说，丑二，一块女人的手绢儿是什么好东西，还给我吧。"

花小兰在述说的过程中，一会儿跷着兰花指，学圆玉掏钱包，付钱给洋车夫；一会儿盈步转眸，寻地上的手绢儿；一会儿僵硬着身子，学丑二做贼心虚满脸的尴尬相，模仿得传神达意，憨态可掬，虽是有意的恶作剧，倒把丑二的怨气消融了不少。丑二涨红着脸说："你又瞎说了，圆玉一点也不小气，她最后还是把手绢儿给了我。"

花小兰说："那是你把手绢儿捏出了汗，我师父最讨厌男人的臭汗味。还有呢，回到后台化妆的时候，她突然皱着眉头问，丑二小小的年纪，怎么学会了贪小的毛病，以后可得提防着点，我替你遮着，我说他哪有那心眼儿，八成是哪个戏迷想要师父的物件，背后给他支的损招儿，现在戏迷比无孔不入的老鼠还讨厌。"说到这里，花小兰酸得撇起嘴角，"丑二你哪是贪小啊，你的心可大了。"

丑二挂不住脸儿，说："这不关你的事，你管不着。"

花小兰满肚子委屈，说："这不关我的事，我是谁呀，我大清早起来练功，渴了没人给我送水，热了没人给我送毛巾，冷了没人给我送衣服，也是我发贱，看见有人挨冻就受不了。"

"我又没让你送，你要是不愿意就拿回去。"丑二说着举起棉袍子，气得花小兰直跺脚，说："丑二你真没良心，好像我前世欠你什么，我以后再也不理你了。"

花小兰说完扭头就走，走了几步，见丑二披上了棉袍，她叹了一口气又走了回来，一屁股坐到丑二对面的圆木墩上，半天才说："丑二，你说我师父他们能不能回来？"

丑二说："怎么不能？你师父是名伶，东西傅家区的商号联名写了保释书，庆春班的人都签了名，还能不放人？"

"保释书有什么用，听说这案子落到了日本人手里。日本人心黑，对中国人最狠了，他们才不管名伶不名伶。"

停了片刻，花小兰又说："不放出来更好，我师父不出来，我就可以在庆春班挂头牌了，我正愁着没机会挂头牌呢。"

丑二抬起头来，狠狠地瞪了花小兰一眼，说："你就这么狠心？圆玉是你师父，俗话说一日为师，终身父母，你怎么不心疼你师父？"

花小兰也不示弱地说："我心狠什么啦！我又没送她去坐牢，送她坐牢的人心才狠呢，有人就是缺心眼儿，到头来谁害了谁还不知道呢。"

花小兰见丑二低下头来哑口无言，一股报复的快感涌上心头，继续说："丑二我告诉你，我把话说到前头，过不了几天庆春班就得推我挂头牌，等我唱红了，到时候会有许多臭男人围着我，那时候我理你丑二才怪呢。"

花小兰说完起身要走，被丑二喊住，丑二说："花小兰你别走,我有话对你说。"

花小兰站住回过身来,绞着手里的绣花手绢说:"丑二你喊我呀?你还有喊我的时候?有什么事说吧,我听着呢。"

丑二在花小兰目光的逼视下低下头,憋了半天才说:"花小兰,我要是坐了牢你会怎么样?"

花小兰睁大惊恐的眼睛,神情紧张地说:"丑二你可别乱说,你怎么会坐牢?谁会让你去坐牢?"

丑二说:"我真的坐了牢你会不会怨我?"

花小兰走回原处,又坐到圆木墩上,急切地说:"丑二你不会坐牢,没人会让你坐牢。我这个人没心没肺的,就是嘴黑,生气了阴损你几句,你可别往心里去,你不会坐牢的,没有人会让你坐牢的。"

"要是我真的坐了牢呢?"

"我不听我不听,你别再说这种傻话。"

"我是个孤儿,干爹又没了,庆春班就是我的家,我真的坐了牢,你会不会去看我?"

"丑二我也是没爹没妈的苦人儿,我们俩是一条藤上的苦瓜,这世上能真心真意待你的就是我花小兰了。"

丑二受了感动,说:"你这个人心眼不坏,就是眼尖嘴碎挺烦人的。我没见过我母亲,也没有姐妹,你要是我妹妹就好了,你要是我妹妹,我会护着你,不让人欺负你。"

"我不做你妹妹,我……"

"花小兰,我心里有点怕,夜里常做被人抓走的噩梦,我想我要是真的被抓走就不用遭这个罪了。"

"丑二你别怕。"花小兰说着,眼泪就扑扑簌簌地掉下来,她扭过头去,抽泣着幽怨地说,"丑二,这天底下没有比你更傻的男人了,这天底下的傻事都让你丑二一个人做了。"

八

胡鸣柳和圆玉被关在警察署特高课的监狱里,凶多吉少,庆春班群龙无首,成不了气候。有的演员开始掂量着投奔别的戏班,最着急上火的是曲子敬,华乐舞台虽然和庆春班有契约,但庆春班班主胡鸣柳、名伶圆玉都关在牢房里,难有出头之日,这钱财上的损失,自然都落在他曲子敬身上,想来想去曲子敬便狠下心来接了庆春班,自己来圆这场噩梦。他心里有本账,圆玉不在,花小兰这块香玉已经打磨得有形有状,给她打个场子,不怕红不起来,有了花小兰支撑,庆春班说不定还会风光再现。

这天,曲子敬私下里把花小兰请到家里,摆上瓜果酒菜,当上宾伺候着。曲子敬虽然是戏园子的掌柜,也是个迷戏,年轻时票戏,学的是谭派,须口老生很有些功夫,家里摆设梨园味很浓,墙上挂着青龙剑,还有一把看上去很有来历的京胡,架上除了几件明清瓷器外,便都是和京剧有关的物件:泥人、瓷画、脸谱。这让花小兰有些好感,但谈起挂头牌的事儿,花小兰的反应不像预期的那样强烈。

花小兰说:"让我挂头牌好啊,曲掌柜你这是抬举我,可我师父出来怎么办?一山容不下二虎,庆春班这棵梧桐树,也落不下两只金凤凰。"

曲子敬说："你以为你师父他们还能活着出来吗？"

花小兰说："他们又不是凶手，干吗不放出来？"

曲子敬说："你知道谁是凶手？"

花小兰说："我哪知道？我猜是外边人干的。"

曲子敬备了酒菜，但花小兰不喝酒。自斟自饮的曲子敬，很快就喝得红头涨脑，人也兴奋起来："还不是怪赵家琦这只老狐狸，他哪有心思破案，刘兴魁死了，他在一边偷着乐，不定在家里烧过几炷高香呢。他抓胡鸣柳、圆玉，是官报私仇，也是敷衍日本人，他以为抓着容易放也不难，谁知道日本人不买他的账。"他见花小兰杏眼圆睁地听着，便站起身来，走到窗户前向外望了望，又走到门前，附耳听了听，回到桌旁坐下，才说："满洲国的事我算看透了，日本人巴不得找个借口陷害中国人，那个副署长黑田也想给赵家琦颜色看。你看赵家琦那张铁青的脸，他这个警察署长现在是王八钻灶坑，憋气又窝火，哑巴吃黄连，有苦说不出，他只会拿戏班的人出气。"

花小兰问："要是抓着真凶呢？"

曲子敬说："上哪儿抓真凶去？要是能抓着早就抓了。"

花小兰说："我是说那个赵什么长官被逼急了，抓住真凶怎么办？"

曲子敬说："什么怎么办？那是他们的事，他们狗咬狗，咱们管不着。花小兰我给你挂了头牌，你得卖力气，你得打着滚地唱，蹦着高地唱，把哈尔滨舞台翻了个儿，非唱出个大红大紫的场面不可。"

曲子敬见花小兰一脸的戚戚，也不动碗筷，便有些扫兴，说："不吃不喝的客人不好伺候，花小兰，庆春班正是用人的时候，你可别藏什么心眼儿。"

花小兰说："曲掌柜，我花小兰是那种人吗？有人扎着花轿抬我，我不能不知好歹，我挂头牌就是了，我只是心里堵得慌，眼瞅着这一桌的美味佳肴咽不下去。"

"你是怕身单力薄撑不住局面？"

"不是……"

"你是怕你师父出来砸了你的头牌？"

"不是。"

"这不是那不是，那就是难为我了。都说角儿不好伺候，你还没挂牌呢就这么难为我？好，既然我捧你，我就让你开心，有话你就说到桌面上。"

"我现在心乱，不知道说什么好。"

曲子敬自己干了一盅酒，眼睛突然亮起来，一拍桌子，桌上的碗筷碟盘都跟着跳了起来，曲子敬说："你看我这脑子，就是不开窍，包银！包银对不对？花小兰你放心，这事儿包在我身上，只要你花小兰唱红了，我绝对不会亏待你。"

曲子敬只管大喊大叫，根本不注意花小兰的反应。花小兰轻轻地叹了气，低下头的时候，不经意地抹去了眼角噙着的泪水。花小兰小声而伤感地说："真是的，我心里烦着呢，谁跟你说包银啦……"

花小兰临走的时候,才想起另一桩心事,她说:"曲掌柜,你既然接了庆春班,成了庆春班的班主,就应我一件事儿,丑二当年是学武丑的,虽然摔断过腿儿,也没留下病症,身上还有些功夫,该给他打个亮相的场子。"

曲子敬说:"花小兰果然是观音菩萨转世,这事儿好办,只是怕丑二这孩子太憨,是个扶不起来的天子。"

花小兰说:"我不管,你照我说的办就是了。"

九

庆春班在华乐舞台复出的海报一贴出,就传遍了大街小巷,华乐舞台出了人命案,庆春班名伶被抓的旧闻还没熄火,庆春班又推出头牌坤角花小兰,自然是火上加油,分外引人注目。哈尔滨大报小报连篇累牍地捧新角,什么绝代名伶,什么金嗓玉女,更有的小报不怕热闹大,竟登出《师父一代名伶香焚玉碎牢房长哭,徒弟出水芙蓉惊艳四座长歌卖笑》的文章。这一闹腾果然不同凡响,老戏迷、新戏迷、准戏迷们都把目光转向华乐舞台。有个老戏迷捧着圆玉的剧照在华乐舞台门前长跪不起,掩面痛哭,谁也拉不起来。几个油头粉面的纨绔子弟,拿着精致的蓝皮小本在后台乱窜,非要找花小兰签名。躲在一旁暗自得意的曲子敬,又趁热打铁在新世界饭店包了几桌酒席,请了工商和娱乐界的头面人物,为花小兰出道拜地方鸣锣打场子。

花小兰也为自己出道亮相下了精细的功夫。她穿了一件貂领长袍,脱下来里边一身粉地素花绸布衣裤,紧身宽袖,风姿秀逸,席间一站,黛眉秀目,唇红齿白,活脱脱一个人见人爱的美人儿。花小兰先是唱了几段拿手的段子,虽是清唱,但带的场面都是庆春班顶梁的琴师鼓手,天合地作,席间那些懂戏的、爱戏的、迷戏的、票戏的大饱眼艳耳福,犹如听了天籁,入了此曲只有天上有的佳境,不由得连连叫好,喝彩满堂。敬酒的时候,花小兰显得十分乖巧,捧着银壶,挨着座儿给客人倒酒,嘴里不停地说着:"谢谢这位爷来捧场,花小兰这里以酒代礼了。"莺声燕语,听得客人心花怒放。

花小兰出师大捷,庆春班还没开戏,头三天的票就卖光了,为花小兰捧戏的行头送来了好几套。

这天晚上,花小兰素衣素裤,带着几分的得意来到后台找丑二,后台灯光昏暗,花小兰在幕侧丑二的行李上发现一张纸签,上边歪歪扭扭写着几个字:"我是凶手,我走了,快放人,丑二。"花小兰看了大惊失色,慌得四处张望,在后台堆杂物的角落里竖着一架梯子,只见丑二手里拿着一根绳子,坐在梯子最下一阶的掌上发呆。花小兰惊叫着扑过去,夺过丑二手里的绳子,跪在他面前摇晃着他问:"丑二你要干什么?"

丑二说:"这么活着不如去死。"

花小兰说:"丑二你不能去死,我不让你去死。再说了你死了也救不了我师父,死也白死。"花小兰见丑二不讲话,又说:"丑二你想开些,告诉你我挂了庆春班的头牌。"

"你顶了你师父的名位。"

"我没有顶她,她遭了厄运,我又没办法救她。"

"我能救她。"

"丑二你又来了，你以为我不心疼我师父？她教了我八年戏，她打我骂我，可她把本事全教我了，我有今天还不是亏了我师父？我花小兰也是有良心的。"

"她现在关在牢房里受苦受罪。"

"我想这满洲国也该有王法，没凭没据的也不能把我师父怎么样。"

"花小兰你不知道我的心。"

"我怎么不知道你的心？你的心早挂在我的心上了，我和曲掌柜说了，让他也给你开戏份，你也该练练腿脚，把身上的功夫找回来，你千万别再想死呀活的。"

"走到这一步我还要什么功夫戏份干什么？"

花小兰咬着红润的下唇，碎玉般的一排牙在暗中闪着光泽，她握着丑二冰凉的手说："丑二你是个铁石心肠的男人，你让鬼迷了你的心窍了。"

丑二没有回应花小兰，他僵直着身子，慢吞吞地说："花小兰，你不知道我……"

花小兰说："我知道，我在师父身边，什么都看在眼里，你去捞那水中的月亮，都傻透腔了……平日里你连正眼都不瞧我，我真的那么让人烦吗？"花小兰说到伤心处，松开了丑二的手，一脸的凄婉，"那一头是负人女子痴情汉，这一头是痴情女子负心汉，这是唱的哪一出戏呢！"

丑二抓着自己的头发，痛苦万状地说："花小兰你不知道。"

"我知道。"

"你不知道。是我杀死了刘兴魁，我就是那姓赵的每天红着眼睛要抓的凶手，我完了。"

花小兰忙捂住丑二的嘴，失声地喊："丑二你别说，我不想听，我什么也没听见，那边供奉着祖师爷，在祖师爷面前说话要应验遭报应的。"

丑二说："我不怕报应，我杀了人让别人坐牢，早晚要遭报应的。"

戏班里两个孤苦伶仃的少年陷入恐惧的情绪中，昏暗的后台凝聚着绝望的气息，压抑得人喘不过气来。先是花小兰忍不住抽泣起来，说："丑二，我师父被抓，我已经没依没靠了，你要是有个三长两短，我在庆春班还有什么意思？我明天就去把头牌砸了。"

丑二也落下了眼泪，说："我早晚躲不过这一劫，这叫在劫难逃。"

"逃？"花小兰心头一热，萌生了希望，"丑二你逃吧，逃了就没事了。我和你一起逃，到外边搭班子闯码头，我照样能唱红。"

丑二摇了摇头，叹惜地说："我逃了让别人替我坐牢，我怎么安心？"

花小兰用力绞着手中的绳子，伤心透顶地说："丑二你真是个呆鸟，我恨死你了。"

35

夜，死一般寂静，俩人的身心都陷入这冰冷的世界里，那鼓动着的血液都要凝固了。突然传来一阵拨人心弦的琴声，不知是谁在后院拉起《夜深沉》的曲子，长夜里，如泣如诉的琴声在蔓延游动，这梨园相熟的曲牌，像是倾诉着这一对孤独少年无望的心境。丑二被这琴声感染，抬起头来说："花小兰你会唱《霸王别姬》吗？你唱一段吧。"花小兰见丑二要听戏，爽快地答应下来，说："会，你要是喜欢我就唱给你听。"

花小兰站起来，欲举手投足，可惜手中无剑，耳边无点点鼓声，犹豫片刻，刚要张口，猛地想起什么，又变颜变色地跪下来，摇撼着丑二说："我不唱，丑二你别胡思乱想，你还没到乌江边呢。"

十

万事皆备，只等鸣锣开戏，华乐舞台出过命案，阴气太重，为图吉祥，按戏班的规矩，要重新破台，逐鬼避邪。

开戏的头一天晚上，庆春班全体人马来到后台，先拜祖师爷，摆好供品焚上香，人们按着辈分和角儿的身份，列队行跪拜大礼。庆春班虽然又能演戏了，但毕竟伤了两个角儿，气氛难免压抑，各种滋味涌上心头。一个唱老旦的女演员竟然抽泣着哭出声来，被人吆喝了几声，才把委屈咽进肚里。跪在前排、挂了头牌的花小兰，想着师父被抓，丑二又凶吉莫测，心乱如麻，跪拜之间，肚子里祈祷着，几滴眼泪落在蒲垫上。曲子敬见了，嫌不吉利，暗叫老生金文祥连忙站起来向大家拱手说："我们梨园弟子,无济世之德,无桑田之力,无经商之财,靠卖艺吃饭,抵不住江湖风险,今儿在祖师爷面前,也替胡老板和圆小姐烧炷香,求祖师爷保佑他们平平安安吧。"

金文祥说完,早有人点了两炷香,插到神龛前的香炉里。戏班的人又重新行了大礼,算是替胡鸣柳和圆玉拜了祖神。

拜完了祖师爷,戏班子的人松了一口气,全班人马又来到前台。逐鬼避邪的仪式,只是几个演员的事儿,其他人不过站脚助威,也就显得松懈。没想到这时候出了大事儿,让戏班的人大吃一惊,叫苦不迭。

扮演角色的几个演员,早就妆毕站在台口,一个杂役杀了一只鸡,将鸡血滴在台角,然后场角奏《将军令》,扮演二郎神的演员身负二郎神靠旗,手持三尖两刃枪上场,锣鼓变换,二郎神左突右杀,做逐鬼状,一个亮相,算是抓住了邪神恶鬼,再然后哼哈二将上场,分站左右台角,做守门神,今后大鬼小鬼休得来犯。最后场角奏《急急风》,二郎神从台口处提出一个戴面具的小鬼,踏着鼓点过场,将小鬼扔至台下,场角在唢呐声中打一通太平鼓,算是乾坤清朗,诸事太平。至于扮演小鬼的演员,跑出戏园子,摘下面具,从后门回来交差,那是后话,今儿的事就出在这小鬼身上。

庆春班的人一看二郎神提着小鬼那架式就觉得不对劲,这本来是个虚拟景儿,杨二郎从台上拉出小鬼,一提一推,锣鼓声中小鬼跟跄几步,一个前滚翻到了台边,翻下戏台就是。可看今天杨二郎拉小鬼,比拉一头倒退的牛还费力气,依仗着扮杨二郎的演员有力气，连拉带扯，把小鬼推搡在台边，倒在扮哼哈二将之一的于利三的脚边。人们看不到那张面具后面的表情，从那一起一伏的肩头看出他的羁绊不驯。戏班所有的目光都投向伏在台边的小鬼身上，期盼着他快点翻下台去滚蛋。但缓慢消失的时间证明，这小鬼没有和今天仪式合作的意思。庆春班的人知道这是那个扮小鬼的丑二又犯了傻，不由得暗暗叫苦，那个唱老旦的女演员惊恐地闭上了眼睛。

突然间爆发出一个尖细的喊声："丑二，你要干什么？快下去！"庆春班的人都听出这是挂了头牌，从此志得意满的花小兰的声音。这率先爆发的喊声勾起人们复杂的情感，女演员们开始交流眼色，一个平日只能垫戏，对花小兰充满醋意的小旦小声嘀咕着，还没有开戏就处处充角儿了……但这只是一瞬间的反应，面临的共同威胁和可能引来的厄运立刻使他们同仇敌忾。

"滚下去！"

"把他扔下台去！"

"别让他任性毁了庆春班的前程！"

扮哼哈二将之一，扎靠披甲，捧着钢鞭，威严地站在台角的于利三弯腰抓住丑二的衣领，瓮声瓮气地说："丑二，你捣什么乱，你这个不知好歹的，犯傻也不看个时辰吗？！"

丑二摘下鬼脸，喘着粗气说："我没犯傻，你们不等圆玉回来就开台唱戏，才犯傻哪！"

于利三说："嘿，你还有理啦……"

丑二开了口，便收不住，丑二说："你们都没有良心，你们都知道圆玉他们不是凶手，也不去搭救，你们就知道开台唱戏。"

这时，庆春班新班主曲子敬和老生金文祥凑上前来，曲子敬说："丑二，我们对胡老板和圆小姐仁至义尽了，他们关在牢里，庆春班几十口人还要吃饭啊！"

金文祥也说："丑二，我们也知道胡老板、圆玉小姐冤枉，可是，这年头……"

于利三早就不耐烦了，说："这里有你什么？一个烧水打杂的，让你上台亮亮相，竟也管起戏班子的事来了，天底下没见过你这么呆的，连个过场的小鬼都扮不好，还得我来帮你。"

于利三说着就要把丑二推下台去，丑二力气也不小，他挣开于利三的手，喊："你们说，抓住真凶是不是就能放圆玉他们出来？"这话问得突兀，没人能回答，戏园子里静了下来。丑二又喊："圆玉放出来，还能在庆春班挂头牌吗？"人人面面相觑，都感到了这话的分量，不由得把目光投向曲子敬。

曲子敬说："上哪儿抓真凶去？能抓住真凶，庆春班能走到这地步吗？"

丑二说："我知道谁是真凶！"

华乐舞台的空气变得凝重，这突如其来的变化让人们暂时忘记丑二的过失，人们屏住呼吸，等待着下文。曲子敬紧张得嘴巴都不好使了："丑二，你这话……这话太重了，你可不能乱说。"

丑二说："我不乱说。"

曲子敬压低声音问:"你,你说,谁是凶手?"

丑二说"我说",就在戏台上站了起来。

就在这时候,又爆发了那尖细的喊声:"丑二你可别真犯傻!"

花小兰喊着,就要冲上前去,却被那个对她挂头牌充满醋意的小旦拦住了。

小旦说:"花小兰你别拦他,让他说。"

花小兰说:"不能让他说!"

小旦说:"为什么不能让他说?"

花小兰说:"不为什么,就是不能让他说。"

小旦说:"不为什么就是为什么。哦,我明白了,那凶手就是你吧,你杀了刘兴魁,再嫁祸你师父,让她坐牢你挂头牌,你这个人够歹毒的了!"

花小兰急得直跺脚,眼泪在眼眶里打转,她指着小旦的鼻子说:"你知道什么?你什么都不知道。"

花小兰被小旦纠缠着,脱不了身,就冲丑二喊:"丑二,我师父受了冤屈总是有希望的,你可不能乱说!"

丑二把头扭到花小兰这边来,那目光流露出悲戚无援,他下意识地向花小兰这边迈了一步,但很快又停了下来,双手捂住脸,低泣着说:"花小兰,我早就没希望了。"

花小兰发疯似的向上冲,小旦死死地抱着花小兰喊:"丑二快说!快让丑二说!快呀!你们别站着看热闹,快让丑二说谁是凶手!"

华乐舞台上下乱成一团，突然一个威严的声音，像炸雷一样响了起来："都给我住嘴！都给我站在原地别动。"

谁也没有注意到警察署长赵家琦什么时候来到华乐舞台的，他站在太平门旁挥着手，表情怒气冲冲。庆春班的人都静了下来，呆呆站在原地不动，死静的华乐舞台只有赵家琦带马刺的大皮靴踏地发出的嘎吱声。赵家琦跳上戏台，很快地站到了丑二的面前。丑二的目光是从那双锃亮的大皮靴开始向上移动的，当丑二移动的目光和赵家琦相遇时，丑二的脸上就出现了恐惧与痛苦的表情。

赵家琦说："丑二我早就知道你是凶手，天底下也只有你能干出这种稀奇古怪的事情。"

丑二慢慢镇静下来，他站起来说："你早知道是我为什么不抓我，而去抓圆玉他们。"

赵家琦被问得倒呛了一口气，同时感觉到了周围集聚过来的复杂的目光，舞台上下掀起一股压抑的声潮，这让赵家琦恼羞成怒，他冲着丑二咆哮起来："丑二你这个不识好歹的贱货，你以为你有多大神通吗？老子当警察的时候，你还不知道在哪个腿肚子里转筋呢。"

赵家琦突发的咆哮声镇住了舞台上下的声潮，在让人感到窒息的死静中，赵家琦解下腰间的手铐，咔嚓一声铐在丑二的手腕上。赵家琦缓下声调说："丑二你跟我走吧，你这是自作自受，事到如今阎王老子也救不了你啦！"

十一

丑二在警察署的交代是彻底的，丑二开口就说："是我杀死了刘兴魁，你把那些人都放了吧。"

丑二说，那天晚上刘兴魁来到后台时，已经醉醺醺的，他摇摇晃晃地进了圆玉的化妆室，圆玉正在卸妆，他就在后边搂住了她。圆玉说："别这样，刘爷，我今天不能陪你吃夜宵了，今晚庆春班胡老板请客，我得去陪客人。"

酒气冲天的刘兴魁说："胡鸣柳算个什么东西，我今天不吃夜宵，我今天让你陪我睡觉。"

"不行，刘爷，这可不行。"

"怎么不行？在我刘兴魁面前还有什么不行的事吗？"

"刘爷我说过，我可以陪你吃夜宵，陪你跳舞，可是……"

"我今天就要让你和我睡觉，就现在——"

"别，刘爷。"圆玉揭下黑色的大片，扭过头来喊，"赵嫂和死丫头片子花小兰，还不给刘爷沏茶，死人哪！"

正要动手动脚的刘兴魁迷着醉眼，才注意到屋里还有跟包的赵嫂和圆玉的徒弟花小兰冲墙站着，大气也不敢出一口。刘兴魁气急败坏地喊："你们两个给我滚出去！这儿又不是唱《西厢》，让一老一小的陪着，滚！滚出去！"

丑二说，这些都是他听滚出来的花小兰说的。当时丑二刚检完场，花小兰说的时候，不断地往地上吐吐沫，一遍一遍地重复："呸！恶心死了，这个老色鬼，恶心死了！"丑二问："你师父怎么样？你师父没事吧？"花小兰撇着薄嘴片子说了一句粗话，丑二没听懂，丑二再想问的时候，抬头看到面无人色的赵嫂匆匆领来了同样面无人色的胡鸣柳。在门口，赵嫂像背台词似的说了一句："这儿没我的事了，圆玉早就说今晚不用伺候她的。"然后逃也似的走了。

丑二说，自己没听见他们在里边说了些什么，只见胡老板笑着脸把骂骂咧咧的刘兴魁请了出来，不情愿出来的刘兴魁靠在门口的墙上，再也不动了。他喘着粗气说："卸妆有什么了不起，女人洗澡我都见过，我就在这儿等着。胡老板你不是有应酬吗？你走你的，圆玉今天晚上不跟我走，我就烧了华乐舞台，砸了庆春班的牌子。"

丑二只觉得胡鸣柳一闪就没了，再找花小兰也没了踪影。丑二本该躲开，但鬼使神差地留了下来，留下来的丑二就被刘兴魁喊了过去。

刘兴魁喊："丑二过来扶我一把，我真有点喝多了，腿直发软。"

丑二就上前扶他，丑二想把他扶到戏台上，离开圆玉的化妆室远远的。刘兴魁走了几步，嗓子眼儿发出呼呼噜噜的声音，他站住了，然后说："我不能离开这儿，我不能便宜圆玉，她跟我装正经，一个臭戏子还装正经。"

刘兴魁惺忪着醉眼，在昏暗的后台巡视，说："丑二，你给我搬把椅子来，我就在这儿等着，就这……"丑二一松手，刘兴魁就像装满粮食的麻袋一样摔在地上，空旷的后台发出沉闷的响声。丑二没有去搬椅子，焦虑的目光落到那花门帘上，这目光提醒了刘兴魁，刘兴魁说："圆玉怎么还不出来，丑二你去把圆玉拉出来，不管她穿着衣服还是光着身子，都给我拉出来。"

丑二仍然不动，刘兴魁脸上就流露出淫荡的笑容，说："丑二你还是个童子鸡，没碰过女人吧，我今天让你长长见识，去，把圆玉给我拉出来，我让你开开眼……"

刘兴魁没有注意到这个戏班少年脸上渐渐凝聚起来的愤怒表情，刘兴魁继续说："像圆玉这样假正经的女人我见多了，没有人能逃出我的手心，我，我今天腿脚不灵便，你去，去把圆玉喊出来伺候我。"

丑二仍然一动不动，刘兴魁从嗓子眼里挤出嘎嘎的笑声，刘兴魁说："丑二你这个童子鸡，你办不了这种事，还是得我自己去，我等不了了，酒是色媒人……你来扶我一把，老将出马……"

事情就发生在这过程中，丑二并没有去扶刘兴魁，丑二的目光早就盯住了一块废弃的铁幕坠儿，在刘兴魁笨拙地往前爬时，丑二弯腰捡起了那沉甸甸的铁幕坠儿，砸向他的后脑勺儿。

只一下，刘兴魁就重重地倒下去了。

丑二望了一眼不再动弹的刘兴魁，返身向圆玉的化妆室跑去，他想让圆玉趁机快跑。当他掀开门帘向屋里张望时，他惊呆了，化妆室里空无一人，他在那充满脂粉香气的房间里转了一圈，直到发现那半掩着的窗户，才意识到圆玉早就从这儿溜走了。

丑二放下心来，就在放下心来的同时，又有些失落。他悻悻地走出充满脂粉气的化妆室，摆在他面前的恐怖景象让他突然意识到自己危险的处境。被重重击了一下的刘兴魁并没有死，他企图爬起来，但表现出来的动作不过是徒劳的挣扎而已，丑二在惊慌中找不到那块铁幕坠儿，他在惊慌中抓住一根绳子，于是就把那绳子套在了刘兴魁的脖子上。

十二

华乐舞台的命案告破，凶犯丑二不仅主动交代了杀人过程，还带着警察在华乐舞台和比邻的华清浴池两楼之间的夹缝里取出了凶器：那个还带着黑色血渍的铁幕坠儿和一截绳子。两座楼中间的夹缝太窄，警察署长赵家琦挑了一个最瘦，外号叫麻秆的警察下去取证，麻秆一脸的不愿意，还是被人用绳子系了下去。麻秆有两次卡在中间，被卡得嗷嗷直叫。麻秆上来时，用手摸着被砖卡破的血痕，嘴里嘟囔着："当警察还受这夹板气，早知道不端这饭碗了。"当麻秆注视到赵家琦铁青的脸色和杀气腾腾的目光时，像避猫鼠一样溜到了一边。

丑二被执刑的前夜，警察署长赵家琦让人备了酒菜送到牢房里，牢房阴暗潮湿，发着呛鼻的霉味，赵家琦和丑二并排坐在那张埋进水泥地里的铁床上，没人去动那酒菜，牢房里死一样寂静，这寂静沉闷的气氛让和犯人打了半辈子交道的赵家琦也难以忍受。

赵家琦皱着眉头问："丑二，你干点什么不行，干吗去杀刘兴魁？"

丑二两眼死盯着水泥地，半天才回答："刘兴魁想霸占圆玉。"

赵家琦说："这碍你什么事？你一个烧水的毛孩子，也充拔刀相助的英雄？"

丑二说："我喜欢圆玉，我不能看着圆玉让人欺负。"

"你喜欢圆玉？"赵家琦叹了一口气，"丑二，你真是天字一号的大傻瓜，你也是戏班子出身，怎么不想想，圆玉红得发紫，喜欢她的男人多了……唉，谁肯干这傻事！"

丑二说："我不管，反正我喜欢她。"

赵家琦说："你这份情义，不如喂狗了。"

丑二显然不愿意听他的话，把头扭到一边去。

赵家琦打开酒瓶，倒了两杯酒，推给丑二一杯，自己先端了起来："丑二，喝杯酒，人喝了酒心里才痛快。"

丑二说："我不喝酒，我从来不喝酒。"

"你不喝酒？是啊，你还没成人呢，酒色财气还都没沾呢。"赵家琦不管丑二，自己先干了，想了想，又斟了一杯，仰脖又干了，他抹着嘴巴说，"丑二，我当了半辈子警察了，好事干过，昧良心的事也干过，可从来没有遇到这么堵心的事儿……刘兴魁是谁？连我都想杀了他……这年头就属他活得自在。"

赵家琦又把酒杯送到嘴边，发现是空的，他给自己斟满酒，又端起丑二那杯酒，两只杯碰了一下说："丑二别怪我，自古杀人偿命，我是当警察的，穿着这身狗皮干的就是这差事。来，你也把这杯酒干了,人活一世总得当一回爷儿们。"

丑二没去喝那杯酒,却用两手抱着低下去的头,先是两肩耸动,渐渐地发出呜咽声,丑二哭了起来。

丑二的哭声让赵家琦不知所措,他望着手中端着的两只酒杯,重新碰了一下,自己依次把它们干了,赵家琦说:"哭吧,哭了心里就痛快了。"

不知过了多久,丑二突然抬起头来,对赵家琦说:"你能替我办件事吗?"

赵家琦说:"你说,我要是不办是婊子养的。"

丑二边说边擦眼泪,说:"你告诉圆玉小姐,我丑二是个好人,我丑二从来没想到我会成了杀人犯,我丑二杀人全是为了她。"

赵家琦叹了一口气,重重地点了点头。丑二又说:"我进来时,你们把我的东西都没收了,有一块花手绢能还给我吗?那是圆玉小姐送给我的。"

丑二说着眼泪又下来了。

赵家琦问:"还有吗?"丑二说:"没有啦。"停了片刻,丑二又问:"你们什么时候时放圆玉他们,杀人的人抓到了,还等什么?"

一句话问得赵家琦脸上又布上阴云,赵家琦正为这件事恼火,但他不想让丑二知道底细,赵家琦说:"放心吧,拼着我这个署长不当,我也会放他们出狱的。"

丑二似乎平静下来,说:"让我喝杯酒吧。"丑二端起了赵家琦给他斟满的酒杯，说："我从小没见过爹妈，现在离他们近了，也许他们在那边还等着我呢。"

丑二说完，一口干了杯中的酒。

丑二没有亲人，行刑那天，庆春班去了几个胆大的男人收了尸，将他草草埋在一处荒草岗子上。培了一堆新土，立了个木牌，才感慨唏嘘地离去。

早春季节，乍暖还寒，枯黄的草丛里已经露出新绿，肆虐的春风刮着人的肌肤。满七这天，人们看着一个穿着黑衣黑裤、脸色苍白的小女子，迎着扬起尘沙的大风，提着竹篮子来这里上坟。看到这个上坟女的人描绘说，那小女子走过来，看上去无论是长相还是身段，都是天上难寻地上难觅的美人儿，那一缕青发时不时地被风卷起，盖住黛眉秀目，一脸的凄婉让人看了铁石人也肝肠寸断。有人认出那小女子就是庆春班新近挂了头牌的花小兰，知道她是来给庆春班里杀了刘兴魁的丑二上坟，不禁肃然起敬。

黑衣黑裤脸色苍白的美人儿花小兰，在坟前摆好供果，焚上香，背着风点燃了黄表纸，眼圈就红了，泪珠就一串串掉下来。她一边用木棍扒拉着那烧成一团儿的残纸，一边数落着："丑二丑二你可真傻，天底下没有比你更傻的男人啦，有多少人想杀那千刀万剐的刘兴魁又下不得手，你想都不想就把他杀啦……丑二丑二你死得太冤，人情薄如纸，你死了也没有人领你的情分，连到坟头上烧张纸的人都没有啊……丑二丑二，其实这天底下最好的男人就是你啦！这天底下也只有我花小兰知道你是最好的男人啦!"

一阵风吹来,刮起那燃尽的纸灰满天飞舞,一大片没有烧尽的纸片也跟着飘起来,飞舞着的纸片落到一块花花绿绿的物件旁,那半掩在杂草中的物件儿立刻吸引了花小兰的目光,黑衣黑裤的花小兰被刺痛了似的跳起来,她认识那个花花绿绿的物件儿,那是圆玉无意中送给丑二的那块绣花手绢儿,被葬他的人不经意中丢弃在这里。花小兰讨厌这物件儿,这物件儿破坏了她上坟的心境。花小兰提起竹篮就走,她走了几步又停了下来,转过身去,满脸委屈地用木棍挑起那块花花绿绿的绣花手绢儿,丢在还有残火的纸堆里,看着它慢慢燃烧起来,花小兰说:"丑二,你是作古的人了,没人和作古的人计较不是?难为你一世为人,就把这物件儿带走吧。"

十三

丑二被抓后,华乐舞台的杀人案终于告破,人证物证俱在,赵家琦坚持着结了案。关在警察署特高课的三十几个嫌疑犯,有四个人受刑不过,被折磨得死在牢房里,有十几个人被黑田一口咬定是反满抗日分子,被判了死刑和徒刑不等,庆春班老板胡鸣柳和名伶圆玉,经多方取保,才被放了出来。

取保出狱的胡鸣柳是被抬出牢房的,从此一病不起。名伶圆玉饱受创伤,身心憔悴,幸亏有徒弟花小兰在身边伺候,才一天天好起来。

这天,在圆玉家里,原来戏班一个叫天姝的嫁了人的姐妹来看她,天姝原来也曾大红大紫过,后来嫁人才在舞台上消失,戏迷们都把她忘了。姐妹见面后抱头痛哭,哭完又绞着手绢去抹眼角的泪痕,天姝还对着镜子重新扑了粉,问起各自的情况,难免又唏嘘起来。花小兰端上茶来,圆玉吩咐说:"天姝也算你半个师父,我们姐妹难得见面,你去做几个小菜,留天姝吃饭。"圆玉又回过头来对天姝说:"难得你来看我,我本该请你去新世界吃西餐的,我知道你爱吃那儿的小点心,可是我现在这个样子,怎么能出去见人呢。"

天姝嘴里客气着,目送花小兰去了厨房,才压低声音说:"圆玉,听说花小兰在庆春班挂了头牌,你怎么办?就这么着让了位子。"

圆玉说:"我都死过一次的人了,早就心灰意冷,花小兰这丫头片子有天分,就是嘴巴刁些,还算有良心,由她去吧。"

天姝扬起细细的眉毛,睁圆眼睛说:"圆玉你是怎么了?当年为了争这头牌你花了多少心血,怎么说放下就放下了?"

圆玉说:"我说了我现在心灰意冷,天姝你也是过来人,梨园这碗饭不好吃,这年头到处是凶险,跑江湖走码头终究不是女人的长久之计,我也想学你天姝的样子,趁着年轻找个好男人嫁了算了。"

天姝说:"圆玉你正走红,混到这份上不容易,千万别这样想。嫁了人又能怎么样?别看姐姐表面上披金戴银,苦肠子在肚子里呢。再说了,这世上的好男人上哪儿找去?扳着指头算,还不都是那副德行。"

圆玉说:"我也愁着,拿不定主意。"

天姝说:"听说丑二是为了你才杀了那个刘兴魁的,按理倒是个有情分的男人,可惜还是个孩子,心眼又太痴了点。"

圆玉说:"有情分又怎么样?女人嫁人图个靠山,不能守着情分喝西北风过日子,再说了,怎么着他也只是个烧水的,没有个出头的时候,也难为他丢了一条性命,大家也跟着享不着太平。"

俩人正说着,突然从厨房里传出什么东西落地发出的惊天动地的响声。圆玉心焦,火气又蹿了上来,圆玉冲着厨房喊:"吓死我啦,花小兰你什么时候能改了这毛手毛脚的毛病,这惊天动地的我的心快跳出来了。"

花小兰一手提着一个湿淋淋的铜盆,一手抓着一条活蹦乱跳的鳌花鱼走了出来,花小兰说:"这能怪我吗?要怪就怪你养的那只猫,它见了鱼不要命,跳上灶台拱翻了盆,闯下的大祸。"

圆玉说:"怪它干什么?还不是馋的,我不在家的日子,它也跟着受苦了。"

花小兰说:"师父你可别这么说,你不在家的时候,我把它抱回去养着,鱼呀肝呀换着样儿喂它,是块石头也焐暖了,可它一有空就往你这儿跑,不知道的以为它是恋旧,其实呢它是嫌我那窝儿窄小,贪恋你这儿宽敞富贵,这猫儿也是嫌贫爱富的主儿。"

圆玉说:"天姝你听听,这小刁老婆刀片子嘴,哪是饶人的。"

51

话说到这儿，旧日的姐妹也没了心绪，天姝起身道："圆玉你身子骨还虚着，我就不给你添乱了，等你真好了病，我再来看你，到时候我来陪你去新世界，好好散散心，我再带几个有身份的舞伴，看看你的缘分。"

十四

就在圆玉厨房里爆发出惊天动地的响声同时，在市警察署长赵家琦的办公室里，传出一声沉闷的枪声。市警察署长赵家琦死在自己的宽大的办公室里，他的头伏在同样宽大的办公桌上，伏案的右手握着一把手枪，太阳穴上有一个滴血的黑洞。现场看无疑是自杀，但也有人说是他杀，说是日本人容不下他自作主张的劲儿，背地里下的黑手。可说归说，警察署是什么地方，没人敢去细究这种唯恐躲之不及的事情。

花小兰在华乐舞台果然不凡，唱出了挑帘红的火爆局面，成了享誉哈尔滨舞台的名伶。圆玉没有嫁人，也没有重新登台，圆玉变得脾气乖戾，抽烟酗酒，喜怒无常。她执意为花小兰跟包，像个护崽的老母鸡，寸步不离花小兰，不许任何男人接近她，更不许她有什么应酬。花小兰在台上唱戏，圆玉坐在幕侧倾听，花小兰有一点闪失，下得台来便受师父百般训斥，遇上叫好喝彩，花小兰难免得意，这时，圆玉总得找个碴儿，发些无名火，让花小兰受用，花小兰自然不敢和圆玉计较。庆春班由名伶花小兰撑着，又风光起来，可惜好景不长，两年后华乐舞台失火，戏园子化为灰烬，曲子敬破产，心灰意冷的曲子敬解散了庆春班。

名伶花小兰决定进关搭班唱戏，临走前想起给丑二上坟。上坟那天，她特意化着妆换上行头，在坟头唱了出《霸王别姬》：

晓妆梳洗乌云挽，
玉容寂寞泪涟涟。
环佩叮咚春日暖，
满腹愁肠锁眉尖。

花小兰唱完，从怀里掏出一块自己的绣花手绢儿，用火把它点着烧了，不一会，烧出的灰借着风飞起来，打着旋儿飘到了天上。

老景

　　当初这条街上的自来水龙头不多，有数的几幢楼，有数的几户人家，大部分人吃公共自来水。一个院子，或者一条街的街口有一个自来水龙头，用水的居民去那里挑水。冬天，哈尔滨天冷，滴水成冰，水龙下冻成冰台，常有人滑倒，也有摔坏的。管水的人有时出来刨几下，刨平了，又冻。挑水是件很凶险的事。

　　有钱的人家不用担这凶险，可以雇人挑水。挑水的人多了，便有了挑水这一职业。这碗饭不好吃，在城市挑水得上楼，楼梯很陡，一阶一阶地登上去，很吃力。冬天又覆盖上冰雪，踏上去嘎嘎响，直打滑，连人带桶滚了楼梯，那就更惨。

　　这条街上有名的挑夫叫老景。

　　老景是个英俊的汉子，脸膛很白净，两条英雄眉，嘴很阔，笑起来嘴能弯到耳朵根，男子气很足。他肩宽，腰板挺直，夏天腰间也要扎一条宽布带，冬天只穿一件棉坎肩，戴耳包，不戴帽子，给人伟岸的印象。长年负重，肩头压出一个肉疙瘩。

　　老景有力气，挑水技术娴熟，一年四季不清闲。他很爱他的职业，活得很自在，肩上挑着一担水，悠悠而来，悠悠而去。逢到高兴还会在众人面前露一手绝活，满满一挑水，从右肩悠到左肩，又从左肩悠到右肩，脚步不停，水不泼洒，博得路人喝彩。

冬天上陡峭的楼梯，他一挑水在肩，前高后低，任脚下冰雪嘎嘎作响，如履平地，滴水不洒。有一次他挑水上楼，楼梯口正有一老一少爷孙俩迎面下来，爷爷不小心滑了楼梯，把牵着手的小孙子也带着滚下来，老景侧身一把抓住老爷子，用一只脚钩住小孙子，老少平安。他就靠一只手扶栏，一只脚支地，像生了根似的，保持了身体的平衡。

雇老景挑水的，有有钱人家，有缺劳动力的人家，也有有钱又缺劳力的。在7号院子，有一个叫黄洋的女人，二十几岁，烫发，红唇，粉面，人很矜持，是从"大观园"里从良出来的。北市场里的大观园，是一家颇有名气的妓院，妓女一色沿用《红楼梦》十二金钗和大小丫鬟的名字。上至宝钗、黛玉，下至紫娟、香菱、麝月，名字起得豁亮，模样儿也个个标致。黄洋当初接客的名字叫黛玉，足见是出众的人尖子。抚琴唱歌，作诗填词，样样拿得起，能双手写梅花篆字。她接的客人都是达官贵人，颇有钱势的。偶有个把读书人，或者遇上痴情汉子，缠绵之后，便会抚琴轻唱：奴想你，由夜想到明，由春想到冬，想奴想个死，雨也来，雪也来，不见郎君面，嫁你吧，不怕大娘狠，做小也心甘。

唱着唱着，常常泪流满面。

她是个痴情女子，执意从良。天难成人愿，有钱的不愿意出赎金，想出赎金的又没有钱。倒是有一位有房产、有磨坊、有买卖、在警察署有势力的赵先生赎了她。另辟宅第，金屋藏娇，让她做了姨太太。赵先生有钱有势，遗憾的是年纪不饶人，七旬的老人了，做那种事不大行了，虽常用人参、蛤蚧滋补终是不济。常让黄洋一个人守空房，过寂寞日子。

赵先生十天半月来一次。黄洋闲时便写字作画，和她做伴的有一个老妈子。老妈子姓钟，四十多岁，很干净利落的女人，帮助黄洋操持家务，有时伴她上街买些衣料首饰，很勤勉也很忠心。

黄洋从不和邻居交往，出门也是车来车去，老妈子形影不离。每次上街回来，都要带回一些上好的绸缎布料，苏杭花绸、凤尾缎、虎林缎、金银绸缎、丝绒等，买回来便放进箱子，很少裁制新衣。买回来的戒指、耳环、玉镯也都束之高阁。

主仆日子过得富足而本分。

老景给黄洋挑水，送到门口，吆喝一声，老妈子便来开门，老景扁担不下肩，手提着一桶水，倒进缸里，然后从墙上摘下水牌子，装进腰间的口袋里，悄然离去，从不和黄洋照面。

有一次，老妈子不在家，开门的是黄洋。黄洋冲老景嫣然一笑，很亲切，像看见相熟的亲人似的，然后扶门、掀帘，看着老景一手提着一桶水倒进缸子里，胳膊上的腱子肉滚来滚去，怦然心动。等老景摘下水牌子要离去时，黄洋一把抓住扁担，说："大哥辛苦，进屋喝杯水吧！"

老景从来给人送水，没有人送水给他，一时不知所措，便木木地发呆。

黄洋娴熟地给老景卸下扁担,说:"歇歇肩,这活儿累人。"

老景被黄洋摆布得服服帖帖,顺从地跟着黄洋进了里间住屋。

黄洋的居间清爽干净,檀木的仿明家具泛着油亮,一尘不染,桌上摆着文房四宝,墙上挂着名人字画。花架上摆着一盆碧绿的米兰,小巧的花瓣散出幽香。一条长几上摆着一盆吸水山石,造型天成,长满青苔,生机盎然。花木床上铺着绣花缎罩,苏缎鸳鸯被,红幔帐顶上横着洋绣帐檐。

黄洋点燃一束香,一股古里古怪的香气熏得老景昏昏然,他更觉得手脚无处可放。

黄洋斟了一杯香喷喷的茉莉花茶,双手端着送到老景面前:"大哥这般年纪,这般体魄,为什么不做些有前途的事?"

老景接过水杯,端着不喝:"我也就有一身傻力气,能挣口饭就行了,除了这个……我能干什么呢?"

"天下很大,大哥一条汉子,总不能一条路跑到黑吧!"

"唉……"老景只是叹气。

"大哥读过书吗?"黄洋问得幽幽的。

"就认得自己的名字。"

"真可惜了大哥一表人才。"

老景想走,但挪不动脚。黄洋说:"你给我挑水,我送你一幅画吧。"

黄洋展纸挥毫，画了一簇梅花。老景看得发呆，觉得这梅花有水气，有灵性，能触着滋润的花瓣，闻着浓郁的花香，心里涌起热潮。

黄洋画毕，面红唇赤，有些气吁，僵立在那里，动弹不得。半天才扔掉手中的笔，对老景说："我的腰闪了，你扶我上床吧！"

老景便扶她上床。

黄洋说："你帮我把衣服脱了。"

老景便帮她脱掉衣服。

黄洋说："你把幔帐落下来。"

老景便落下幔帐。

隔着幔帐，黄洋问："你还等什么呢？"

老景便不再等待，在这个飘着熏香的幔帐里，他使出了一身的蛮力气。

雇老景挑水的人家，慢慢地觉得老景不那么勤勉了，水缸不再盈满，人也常走神。

老景穿戴整齐起来，人也愈见严肃，不再是那一笑嘴角弯到耳朵根，经常赤胸露膊的汉子。

黄洋家的水是不缺的，人们也看出来，老景就是不送水，也常出入黄洋家，而且久久不肯出来，大家也就明白发生了什么事。有骂黄洋狗改不了吃屎的，也有替老景捏一把汗的。人们都知道，那位赵先生虽然一把年纪，却非等闲之辈，不是好惹的。搞他的姨太太的，等于虎口拔牙，惊了老虎，要把命搭进去的。

老景全然不顾，一对男女被欲火烧得灼灼的，人变得又胆大，又糊涂，昏昏沉沉，事情终于败露了。

那天老景正躺在黄洋的床上酣睡，被赵先生堵在屋里，俩人被赤条条地捉了奸。捉贼捉赃，捉奸捉双，人证物证俱在。

黄洋似乎早知道这一天，她穿好衣服，冷冷地说："赵先生，这事不怪老景大哥，是我先要了他。我对不起你，我是你花钱买来的女人，怎么处置由你，我毫无怨言。"

老景挺着脖子，一言不发。

出乎意料，赵先生很宽容，他让老景穿衣离去，吩咐老妈子收拾东西，陪黄洋回赵公馆去。

7号院和往日一样，没有什么特别的动静。

事后，有人说是老妈子走漏了风声，老妈子是赵先生的心腹，是派到黄洋身边的耳目，黄洋的一举一动都在老妈子的眼里。也有人说老妈子是黄洋的人，黄洋很信任老妈子，什么事都不瞒她，又给了她不少好处，是靠老妈子帮助才维持到现在的，只是这一对情人胆子太大，烧得昏头昏脑才出了事。

总之，老景的桃花梦完了。

老景依然挑他的水，又勤勉准时，吃水的人家觉得老景又是老景了。其实老景变了，笑起来不再那么爽快，打起招呼来迟迟钝钝，添了许多心事，街坊们很同情他。

在赵公馆的那条街的街口，有一家卖大碴子粥和窝窝头的万国饭店，到那儿吃饭的人多是下层市民，滚烫的粥和萝卜条咸菜，常吃得人汗流浃背，舒畅极了。老景成了那儿的常客，端一大碗碴子粥，夹俩窝窝头，一碟子萝卜咸菜，边吃边望着窗外发呆，一顿饭吃下去，没滋没味，吃得透心发凉。透过窗口可以看见赵公馆的大门。

黄洋再也没有出来过。

傍晚，老景收工便在这一带徘徊，走到哪儿眼睛都盯着赵公馆的大门，对面来人打招呼都看不见。

老景入邪了。

有一天，老景正在街头踟蹰，有人出现在他面前，急促地喊他几声，才使他醒过腔来，认出喊他的是黄洋的老妈子，喜出望外。

老妈子把他拉到一家大院的门洞里，左顾右盼，才压低声音告诉他，黄洋病很重，极想见他一面，问他敢不敢去。老景像啄米鸡似的频频点头，恨不得眼下就跟老妈子走。约好见面时间地点，老妈子千叮咛万嘱咐才匆匆离去。

老景去见黄洋时，把多年的积蓄都带在身上，他下了决心，要带黄洋远走高飞。

老景去了，再也没有回来，他被赵先生手下的人捆绑起来，扔进冰封的松花江的清沟里。

老景走后不久，黄洋又被送回7号大院。回到7号大院的黄洋，变了一个人儿，不写字，不作画，不赋诗，不施粉黛，足不出户，整日呆坐，日见消瘦，瘦得皮包着骨头，血管的脉络清晰可见。但她皮肤白皙细腻，不失玉脂光泽，只是眼圈黑得厉害，额头上系一条雪白的毛巾，常彻夜不眠，时时头痛。

平日，只有老妈子一人上街，买米买菜，也捎回些黄洋爱吃的熏鸡杂和上好的橘子。后来老妈子便夹着包好的衣料和首饰跑当铺，黄洋吸上了鸦片，赵先生断了她的财源。

黄洋死的时候很安详，描了眉，涂了唇，还淡淡地敷了粉，里外换上了新衣，套上了自己做的妃色绣花长罩衫，静静躺在那里，熟睡一般。去吊丧的人说，黄洋瘦得脱了相，衣裳宽大，鼻子和下巴都尖尖的，看上去像扎彩铺送来的纸人，早耗尽了心血。

黄洋是在烟榻上去的，她烧烟泡时加了点什么药，那药是她从"大观园"带来的，秘不示人，吸足了烟，人也完了，走得从容不迫，没有一点儿留恋。

哈尔滨光复后，老景突然回到了7号大院。老景没有死，他被扔进清沟里，被凿冰打鱼的人捞了上来，渔民们把他赤身裸体地丢进雪堆里，用雪揉搓他全身，搓了个通红，然后裹上棉被，用爬犁把他送到烧有火炕的小屋，让他慢慢地缓过来。老景捡了一条命，冻掉了一只耳朵和三个脚指头。

老景回来后依然挑水，依然很勤勉。所不同的是，老景失掉了三个脚指头，走路有点瘸，担在肩上的水桶不再那么稳重。再就是老景从山东老家带来一个粗壮的老婆。

老景在7号院租了房子，安了家。老景的老婆很能干，很会操持家务，也很厉害。常常无端地吵闹，嫌老景吃饭太多，嫌老景穿衣服太费，嫌老景一身臭汗，嫌老景睡过窑子娘们，说老景造孽太多，丢了耳朵和脚指头。老景无言以对，只是默默地干

61

活,把挣来的钱一分一角地交到老婆手里,然后蹲在一旁喝苞米面粥,吃苞米面大饼子。

吵闹长了,老景怕见老婆面,不愿意回家,便拼命挑水。自来水龙头越来越多,雇人挑水的人家越来越少,这钱也越来越难挣。歇业的人多了,老景便把几条街的活儿全包了下来,天一亮便挑着水桶叮叮咣咣地出门,天黑死了,才悄悄地回家。中午在外边吃一顿煎饼卷大葱,喝一碗凉水,抹一把嘴便接着干活。老婆依然不依不饶,骂他是迷上了张家的姑娘、王家的寡妇,忘了这个家。来了脾气,便不给老景开门,害得老景常蹲在门外过夜。老景很难过,有一次对老婆说:"我不想活了。"老婆听罢大怒,咆哮起来:"你想怎么死?跳楼还是跳江?想吓唬谁怎么的!"

老景看死也不行,便依然苦作。

吵归吵,闹归闹,没有影响老婆给老景生了四个儿子,为了这四个虎头虎脑的儿子,老景便像牛一样地卖力。人们常看他跛着一只脚,楼上楼下地送水。老景脸上再也没有憨笑,脸拉得很长,脸上的皱纹也长长的。很阔的嘴唇变薄了,又抿得很紧。肩上的肉疙瘩压成死肉,那股潇洒劲儿无影无踪。

老景添了嗜好,他迷上了捡废纸。马路边,院子里,楼梯上,只要看到一张丢弃的纸,便哈腰捡起来,装进大围裙的口袋里。晚上回到家里,一张一张舒展开来,无论是字是画,他都能在灯下看半天,舍不得放下。逢到这时,老婆便骂:真是狗戴帽子装人呢,大字不识一个,充什么斯文!也不撒泡尿照照,一个臭挑水的……养这毛病。

老婆一骂,老景便叹气,把纸收拢起来,脱衣上床睡觉。

废纸捡多了,老景便把积攒的纸捆绑整齐,送到废品收购站去,换些钱便打酒喝,喝醉了,就死睡,口渴了,就喊着黄洋的名字要水喝。老婆听见便骂,绝不给他一滴水。酒醒了,老景又去挑水,路上看到有丢弃的纸,就捡。有时一张纸被风吹得满街翻滚,老景就放下水桶一瘸一拐地追。

老景成了纸痴。

他把花花绿绿的广告画、旧年画压在褥子底下,他有一个糊满香烟皮子的木箱,锁得严严的,从不在人前打开。有人猜箱子里是老景平日捡废纸时捡到的宝贝,常年捡这些破烂,难免不发点意外之财;也有人猜是黄洋给他的信物,那女人当年手里很有些值钱的货色。猜归猜,连老婆也不知道他箱子里装些什么东西。

"文革"时,造反派造"剥削有理"的反,勒令所有雇人挑水的人家自食其力。老景的扁担被革掉,便失了业。街道造反派念他出身贫苦,安排他到一家街道办的工厂打更,每月工资30元。

30元钱养活6口之家,实在困难。好在打更是夜间的活儿,白天老景可以上街去捡废纸。那年头废纸好捡,满街都是被风吹得七零八落的大字报,捡得少了就到墙上去撕。把弄到手的大字报纸打成方方整整的捆,送到废品收购站去,一个月下来收入就可观。有一次撕大字报被造反派发现,要抓他的"现行",后来听说他是纸疯子，痛打一顿后，便把他放了。

捡废纸成了他的职业。

老景家里床上床下，犄角旮旯都堆满了纸，他整理分类，成包成捆，十分井然。晚上，他把一些有字有画的纸舒展开，在灯下观看，如醉如痴。偶有所得，便藏进他的花花绿绿的木箱里，秘不示人。

老景就靠捡废纸把四个儿子养大成人，谁也没有想到，四个儿子中有三个上了大学。

老景家成了书香门第，老景又做了老爷子，可是无论儿子们怎样劝阻，他依然如故，每天去捡他的废纸。

老婆跟老景的这种日子过够了，便夹着包到儿子家去，数月后又气冲冲赶回来，到家后便骂儿子们不会过日子，儿媳妇不懂规矩，然后把对儿子和媳妇的不满都发泄到老景身上。

老景不愿意听，便早早出去捡他的废纸，他步履有些蹒跚，但依然虔诚专一。

老景死于心脏病，他是在熟睡中去的，这使得一些上年纪的人很羡慕，说他一生敬惜字纸，修来的福分。老景死后，人们打开他那花花绿绿的木箱，才发现里边装满各式各样的彩纸、画片，还有一些不知是哪个年代的美人头像，中国的，外国的，一个个都是绝色佳人，嘴唇红红的，还带着艳笑。这便使人感叹，说这老家伙，还是个花鬼呢！

在箱子最底处，是一幅水墨丹青，一枝傲放的梅花。

曲调

陶林从日本回来,便一头扎进丁香酒家,每天晚上都要在那里消磨时间,要两杯啤酒,呆呆地呷,很入神地敲击着桌面。他的手指细长,灵活,节奏感极强,能敲出很忧郁的曲调。他留很长的头发,往后梳着,额头、颧骨、下巴就很突出。他的手指在桌面上跳动时,脸上就蒙上一层莫测的灰色。

大家猜测他被那个女人甩了。

陶林和那个女人的故事源于二十多年前,那时陶林还是一个毛头小伙子。他能拉一手好二胡,《江河水》《二泉映月》《病中》,幽咽婉转,如泣如诉。那时还没有那么多音响效果,一到黄昏,陶林就搬一个马扎,坐在他家的窗下,那儿有一棵丁香树,他把自己埋在树丛后边,拉弓揉弦,一曲接着一曲。山石流水,皓月清风,意境就流淌出来。不仅大院,半条街都被撩拨得恍惚迷离。

陶林拉得入神时,有一绺长发就耷下来,遮住半闭的眼睛。他不动,头发只管耷着,一曲终了,他把弓搭在膝盖上,腾出手来把那一绺长发撩上去，用手指梳一梳，抿一抿，这一撩一梳一抿，拨得一些女孩子怦然心动。

陶林成了一些女孩子心中的偶像，常有女孩子有事无事在他身边盘桓。7号院有一个叫周梦的姑娘，高个头，梳一条大辫子，嘴角翘翘着，甜得可人，陶哥长陶哥短的，今天借本书，明天送本曲谱，一腔柔情蜜意，颇费了一些心思。陶林呢，就迷了拉二胡，从大院进进出出，像绝了七情六欲的和尚。

眼见陶林走火入魔，陶林妈便添了心病，茶不思，饭不想，逢人便抱怨，你看我家陶林，这不是要断陶家香火吗？说着眼角便挂了泪花，愁眉苦脸，长吁短叹。

出人意料，一天黄昏，陶林领回一个女孩子。眼前匆匆一过，脸很白，白得有些惨淡，身段挺好，走路飘飘的。俩人一前一后，悄无声息地进了大院，进了陶林家的小屋。

周梦吃过晚饭，正凝神站在窗前，等着陶林出来拉二胡，看得真真切切，心悠地沉了下去，嘴角抽动着，眼里立刻噙满了泪水，一只手死死抓住窗框，支撑着不使自己倒下去。

人们这才知道，陶林不过是个俗人，俗到黄昏时刻，再也听不到那拨动心弦的二胡声了。

陶林迷上了那女孩子，每天下班，俩人依偎着钻进小屋，不再出来。人们纳闷，那女孩是仙女呢，还是女妖呢，怎么把陶林整个吞吃了呢？

陶林结婚了。

陶林住在7号院深处那排平房里，铁皮屋顶被漆成红色，墙粉刷成鹅黄，房后是另一幢楼房的山墙，中间有一条窄窄的夹道，用一扇门封死。听洞房的年轻人认定，从后边的窗口一定能窥视到秘密。他们从夹道一端的门上翻过去，蹑手蹑脚地走到洞房的窗下，红窗帘遮得严严密密，也听不到任何声音。正失望时，厨房的灯光把他们吸引过去，在这里，他们看得目瞪口呆。

新娘正在为陶林洗澡，地下放着一盆水，新娘垂着眼帘，用一条彩色毛巾，从上到下为陶林擦拭着，很仔细，很认真，一会儿抬腿，一会儿转身，赤条条的陶林被摆布得像一个乖孩子。陶林洗完了，换了一盆水，新娘慢慢脱掉自己的背心和短裤，开始为自己洗。也很认真，很仔细，上上下下地擦拭，映入眼帘的是一片雪白，丰腴的胴体上滚动着晶莹的水珠，还有那扭动的曲线，看得几个年轻人几乎有了负罪感……陶林急不可耐，没等新娘洗完，光着身子跑进厨房，把水淋淋的新娘抱走了。

洞房里的事情就无法知道了。

新娘子叫贞，整日垂着眼帘，躲避着所有的人，从大院出入碰见谁，只是浅浅地一笑，便低头逃也似地走开，和陶林两个算是天作地合的一对。

后来才知道，陶林娶了一个外国血统的女人做老婆，一个日本人留下的遗孤，大院的人恍然大悟……听洞房的几个年轻人送给贞一个绰号——洗水贞子。

这条街过去住过许多外国人，房产主、药房经理、银行家，也有厨子、马车夫、裁缝、看门人、女佣人。那时这条街上的男人，不少娶了外国女人做老婆，侃起女人来，是很有见地的，俄国女人像一团火,一瓶伏特加会跟着你走遍天涯海角;日本女人温良恭俭让,为了取悦男人,上床时也要浓妆艳抹,指甲涂得血红,身上弄得喷喷香;朝鲜女人也不赖,见人远远就鞠躬,跪在饭桌前,男人吃一碗盛一碗;至于法国女人如何浪漫,美国女人如何风流,都能说得头头是道。那时,这条街上的男人进进出出,阳刚气很足。

陶林果然艳福不浅,结了婚的贞,像开了苞的花儿,眼睛又黑又亮,惨白的脸庞泛起了红晕,胸脯越挺越高,一笑一颦,都充溢着少妇的风韵,从大院里飘进飘出,像是忽隐忽现的云。

陶林好快活。

丁香酒店的老板就是当年的周梦,周梦是下乡知青,在乡下结了婚,返城后两口子成了待业青年,先是倒腾青菜,后来卖服装,再后来发了财。发了财的丈夫有了新欢,带上那个女人远走高飞,重新打天下去了。

周梦便用自己家的门市房开了酒店。

陶林依然郁郁寡欢,入神地敲击着桌面,有板有眼,一口一口地呷着酒。周梦是个高大健壮的女人,胸脯挺得挺高,大手大脚,脸庞很丰腴,笑起来那牙齿依然整齐洁白,让人想起当年那个细腰大辫女人的风采。

周梦用了一个乡下女孩子在前台照顾客人,她只管些账目上的事,闲下来就和陶林聊天,聊的都是当年乡下的事,雨天如何收麦子啦,冬天如何修水利啦,都是累死累活的苦透了的差事。7号院的人都知道,"文革"中贞的养父被打成汉奸,贞被说成是日本特务机关长期潜伏下来的特务。后来贞的养父母被送到乡下，贞和陶林为了照顾没有生活能力的养父母，也跟着下了乡，过了几年日出而作、日落而息的清苦日子。

陶林喝完了酒，就放一张钞票在桌子上，多不找，少不补。陶林一走，周梦就抱怨："当年这两口子，好得像一个人似的，整天搂脖子抱腰亲个不够。可女人说变就变，把个老陶闪的，活脱脱变了一个人，小鬼子就是靠不住。"

店是小店，来的都是左邻右舍的常客。后院的陈三笑嘻嘻地说："听说贞一回日本，就和一个教她日语的先生好上了，人家伙事儿好，精神头足。"

胖脸的何老大纠正他："说是和她公司的老板，一个有钱的老头子。钱嘛！女人都过不了这一关。"

"你们这些臭男人，都是一肚子花肠子，贞的娘家有钱，光公司就好几家。老陶这个人哪——"周梦收起钱，记上账，嗔骂着这些被酒精烧热的男人，"不像你们这些老鬼，闻着洋臊味就抽鼻子。"

男人们大笑，陈三说："我要是陶林就不回来，日本遍地黄金，富得流油，开家公司，当个阔老板比在这喝这生啤酒就花生米强。"

话题又转到日本的富有上，发了财的日本人，在世界各地抢购，点头哈腰，嘴上哈依哈依的，大把大把地掏钱，买名画，买珠宝，买地皮，买公司。如果有价，自由女神和埃菲尔铁塔都能搬回东京去。连美国佬都嫉妒得咬牙切齿。

陶林何必非跑回来呢？

陶林还是住在大院深处那间小屋里，屋门和院门都挂上了"专修家用电器"的招牌，陶林技术好，又有耐心，生意一直不错。白天不得闲，晚上常到丁香酒店喝酒，回到小屋听听音乐，看看电视，就上床睡觉，日子过得寡淡而有规律。

这天晚上，天空飞舞着雪花，风在窗外呼啸着，扫在玻璃上，发出沙沙的声音。陶林关门在家自斟自饮。他呷着酒，手指轻轻地敲击着桌面，他的目光落到墙上，二胡闲挂在那里，好久没有动了。

门被轻轻地推开，周梦披着一身的雪花走进来，她摘下围巾，拍掉身上的雪，放下包得严实的饭盒，打开，是热腾腾的鸡块。

陶林要是时间久了不去丁香酒店，周梦便送些吃的过来，有时也陪他喝点酒，说些闲话，打发寂寞的日子。

陶林为周梦倒了一杯酒，俩人对酌起来。小屋很温暖，酒喝得很惬意。

周梦问："贞不回来了？"

陶林点点头。

"贞怎么放你回来呢，夫妻两口的，还有孩子，干吗不团聚在一起？"

"贞也不同意我回来。"

"那你何必呢？现在有门路的都往外走，你又不欠贞什么。"

陶林笑了，他举起酒杯，向周梦示意，自己先干了，然后斟酒。

外边雪还下着，风依然敲打着玻璃窗。在这寂静的夜里沙沙作响。良久，周梦夹起一块鸡肉，放到陶林的碟里，抬起眼睛问："贞有人啦？"

"没有。"

"孩子不听话？"

"不是。"

"那为什么呢？"

陶林说："鱼儿在水中游，鸟儿在空中飞，谁能说出个为什么来。"

周梦不再询问。她理了理耳边的碎发，低下头，望着自己的酒杯，她是过来人，她知道生活中许多事情是讲不出为什么来的。

陶林酒喝多了，眼睛发红，人也亢奋起来。他说："周梦，你喜欢听二胡曲，我好久没有动它了，今天我拉给你听。"

陶林喝干了杯中酒，舒展着手腕和手指，然后从墙上摘下二胡，解开封套，调好弦，轻轻地拉了起来。开始手指还不灵活，有时会不由自主地抖动。渐渐地自如了，他的眸子闪着光亮，很快沉浸在委婉绵长的曲调中。这曲调蔓延开来，拨动得人心发胀发痒，小屋的气氛变得浓烈，小小空间流淌着躁动的情绪。周梦听得入神，这曲调唤起她许多记忆，她抬起头来，不知什么时候，陶林那一绺长发又耷了下来，遮住前额，挡住了他半闭的眼睛。周梦凝视着,慢慢地伸出一只手,替陶林把那一绺长发轻轻地撩了上去。

陶林睁开眼睛,他发现周梦那白皙丰满的脸挂满了泪水。

那一夜,他们酒喝得很多,时间也很晚。风和雪一直扑打着小屋的玻璃窗。周梦那一夜就留在那温馨的小屋里。

贞回来了。正是春天,一切生命都在复苏的季节。贞穿着质地很好的套裙,眉尖修剪得很细,涂着唇膏,眼睛依然明亮,笑起来弯弯的,只是笑起来眼角出现的鱼尾纹,证明岁月的无情。在大院人看来,贞天生是个日本人,举手投足,一颦一笑,都带有日本女人的风韵,她不再躲避人,见了邻居微笑着,连连鞠躬问候。还带回不少的礼品,打火机、剃须刀、计算器,送给周梦的是一套漂亮的日本茶具。

贞摘掉了"专修家用电器"的牌子,说要接先生去日本了。

贞请了周梦和几位邻居到家里做客。她把房间收拾得清清爽爽,餐桌上摆满了日本风味的菜肴,小盘小碗花花绿绿,还有一瓶清酒。贞特意穿了一件和服,系了一条绣花的腰带,娉娉婷婷,很殷勤地招待客人。

贞端起酒杯,说:"我和陶林结婚多年,得到邻居们不少的关照,一直过意不去,难得有这样的机会表示谢意,我敬各位一杯酒。"

大家都举起杯,说太客气啦,太客气啦!喝着酒,席间难免回忆一些往事,都很感慨,时间过得真快,人事沧桑,世间变化太大了。酒喝到酣处,贞放下筷子,说:"说到底日本和中国都是我的故乡，离开哪儿我都会恋恋不舍。我唱首歌吧！"

贞唱的是《北国之春》，用日语唱一遍，再用汉语唱一遍，贞的嗓子很好，唱得很动情，贞唱完了，微红着脸给大家斟酒。

大家鼓掌，说唱得好，然后说陶林也应该唱一首歌。陶林想了想，说："我也唱首日本歌吧！"

陶林唱的是《拉网小调》，也是大家熟悉的，也是一遍日语一遍汉语。陶林唱得洋味挺足，大家听得入神。最动情的是贞，她一边合着节拍鼓掌，一边目不转睛地望着陶林，听着听着眼圈都红了。

周梦说："老陶你的日语真好。"

贞说："我的日语歌也是向他学的，在日本他的日语说得比我还纯正。"

周梦说："其实你们夫妻两口早该团聚在一起，为了这一天，干一杯！"

客人们纷纷响应："干一杯，应该干一杯！"

喝过了酒，撤掉菜肴，贞为大家冲茶。贞先端上甜点心，拿出一套古香古色的茶碗，取出茶盒，用竹匙将茶放入碗里，然后用沸水冲好，用竹刷搅拌几下，碗里泛起泡沫，再用左手端起，右手扶持，恭恭敬敬地端到客人手中。贞如法炮制，依次给每人冲好一碗茶。

7号院的人本来是习惯于饭后喝茶的，这样一客气，反倒拘谨了。陶林端起茶碗说："大家随便吧。"

喝着茶，客人们又说了一些祝愿的话。告辞的时候，再三叮嘱,邻居多年,有什么要帮忙的不要客气,什么时候走打个招呼,一定来送行。

客人走了,小屋恢复了安静。

窗前的丁香开得正旺盛,紫云一般,一飘一闪,几天就纷纷落下来,枝头挂满了嫩绿的叶子。

日子一天一天地过去了,小屋依然安静,门关得紧紧的,贞偶尔出去买菜,两口子很少出门,也没有公布启程的时间。7号院的居民,虽然个个古道热肠,但毕竟要忙于生计,顾不了许多身外的事情,再说举家东渡日本,又不是去太阳岛旅游,总要有许多麻烦事的。

这天,下着大雨,丁香酒店生意寡淡,周梦一个人坐在柜台前,望着街头雨景,风摇着雨丝,摆过来摆过去,溅得马路上泛起一片片水泡。一辆出租车驶过来,停在大门口,贞打着雨伞,陶林提着一个大旅行包,俩人依偎在伞下,走出大门钻进出租车里,随着砰的一声门响,汽车冲进雨帘,消失在街头。

傍晚,陶林送走了贞,一个人回来了,悄无声息地进了大院,悄无声息地进了小屋。

第二天,门口又挂出了"专修家用电器"的招牌,陶林重操旧业,生意又兴隆起来。

晚上,陶林还是常去丁香酒店喝酒,郁郁的,一口一口地呷,手指有节奏地敲击着桌面。逢到这时,周梦就说:"老陶又想贞了。"

走进月光

这是一条笔直的大街，灿灿的路灯把马路照得白昼一样，尽管夜深了，街上的行人还是断断续续，这使他很焦灼，他不喜欢灯光和行人。

拐进小巷。小巷也有路灯，但毕竟稀疏。他想把自己融进浓重的夜色中去，缠裹住那颗冰冷的心。

痛苦是难以消除的，更难以忍受。

他想毁掉点什么，无论是人和物，也曾想毁掉自己，但他什么也没做。他不是那种把痛苦转嫁给别人的人。他曾对着夜空呐喊和用拳头猛击路旁的树干，借以发泄像是有人用五指抓挠心脏般的痛苦。这一切都是徒劳，都不能消除这折磨人的情感。

压抑是沉重的，"假如生活欺骗了你……"是谁的诗句？对了，普希金，作为生活的强者，诗人像哲人那样告诫人们，而他自己不是也被生活击倒了吗！

他试着喝酒，一醉解千愁。他有过那种经历，有一次喝了两杯啤酒，心情舒畅极了，走在路上，脚下轻飘飘的。看到每一个行人都那么亲切、可爱，无论是男人、女人、孩子，都有一种异乎寻常的感觉。他扶起一个跌倒的孩子，并在路边为他买了一个大雪糕，主动去帮一个农村来的老人去背那沉重的麻袋，吓得老人差点去喊警察。他仍然兴致勃勃，想向每一个人问好、致意，同他们攀谈。虽然他知道那次兴奋的原因不仅仅是酒，而是他遇上了一次平生快事，酒不过助兴罢了，他还是走进了酒店。

他要了四杯啤酒，喝得很勉强。他想和人谈谈。天晚了，酒店老板一个二十几岁的小伙子，虽然带着生意人的殷勤，但对这个神情异常的顾客，也满腹狐疑。酒店里还有两位顾客，一对喝酒也不忘勾肩搭背的情人。小伙子也注意到他的神色，几次流露出要同他攀谈的意思，但都被那情意缠绵的姑娘，用纤细的手指制止了，她不愿意让他扫他们的兴。

这一切使他与人谈话的欲望消失了。

人们都有各自的烦恼和喜悦，想介入别人的世界和引诱别人进入自己的世界都是困难的。

只有对自己倾诉，呐喊。

当时他急于买醉，喝得多，喝得急，最后踉踉跄跄走出酒店。现在喝下去的酒开始发作，过去那种惬意没有再现，心窝发闹，脚下失重，好在路上没有行人，他可以无所顾忌地走下去，走下去，直到躺倒……他忽然感到人生之路如此短窄，就像这条就要走向尽头的小巷，抬脚间就可以穷尽的。这个念头一出现，立刻引起了他的沮丧。他停下来，痴痴地望着夜空，痛苦引起挣扎，而沮丧带来的是绝望！

夜是宁静的，人们都留在家里，躺在舒适的床上甜睡，孩子偎在母亲的怀里，妻子依在丈夫的弯臂上。熟睡可以忘却痛苦，他能睡得着吗？即使是短暂的忘却也是难得的。他渴望，但他相信他永远寻找不着使他心灵安适的弯臂。

他毕竟是血肉之躯，精神上的痛苦没有影响新陈代谢的功能，啤酒是利尿的，他想小便。他下意识地张望着，本能地寻觅一个暗处，这时才发现小巷路灯虽少，仍很明亮，这儿洒满月光，到处淌着静谧的银色。他把自己融进了月光里。

小巷空旷，树影婆娑，他无须躲避什么，只是闭上了眼睛……等一切都完了的时候，一回身，他吓了一跳，发现在身后不远处站着一个人——一个女人！她像是从地下钻出来一样，静悄悄地站在那里，两只手交叉在前边，提着一只精巧的皮革背包，背带缠在一只手的手臂上。他感到吃惊，他的痛苦还没到使他神经麻木的程度。

背着月光，看不出她的年龄，从那发暗的眼睛和嘴唇的轮廓看，她是化了妆的。穿着连衣裙，那丰腴而不失窈窕的腰身，处处显示着年轻女人的风韵。

他们默默对视了一会儿，她笑了，嘴角弯弯的，露出整齐的、闪着光亮的牙齿，很动人。接着，扭着腰肢，不慌不忙地走到他面前，望着他的眼睛说：

"我跟着你好久了，需要我帮忙吗？"

他竟然没有反应过来，盯着女人的脸，不知所措。

"起码我可以陪陪你。"她再次把暗黑色的嘴角弯了上去，露出妩媚的样子。

他猜出点什么了，盯着这个沐浴在月光下的女人，心底升起一股酸苦。他渴望诉说，渴求理解，但眼前这个对自己都不负责任的女人，能真诚地给别人什么呢？

"苦闷了，出来走走，散散心，希望有点艳遇什么的，你们男人哪……算你运气好！"她娴熟地挽起他的胳膊，像老朋友似的搀扶着他，歪着头问："怎么了？老婆跟人家跑了，还是做买卖赔了钱？算了吧，别一脸苦相，生活内容多着呢！"

她是那种富于感染力的女人，充满柔情和体贴，在这样的女人面前，可以消融千般愁绪。但女人的柔情打上商品的印记，会变得分外可怕。不过对于他，被一个圣徒领进伊甸园和被一个魔鬼带进地狱，已经没有什么区别。

随她的便吧，他随她去，即使前面是人生的陷阱。

月光如水，铺洒在地上，拖下一对长长的影子，那阴影里的楼房，更加朦胧了。路灯的稀疏，显示出月光的明亮，他们走进静谧的银色世界。

小巷尽头，是一条横街，对面是一个狭长的街头公园，已经到了南岗区的边沿，站在这儿像是站在山崖边上，下边是城市的另一个区，虽然是深夜，那里仍然是一片灯的海洋。

他们在草坡上坐下来。他听说过关于这种女人的事，他不相信。面对这个偎在他肩头的女人，他由茫然到心悸，现在，萌生了一种好奇。借着月光，他看清了她的面容，脸庞儿丰润，眼睛亮亮的，很动人，只是眉毛修饰得很细、很长，脸上脂粉太厚，显出几分做作，要不是这些，也许会更有生气些。

"你看什么呢？"她娇嗔地问，嘴角弯了上去，含着几分挑逗。

他转过脸去，把目光投向夜空，那里不仅有一轮满月，还有无数星斗。过惯了城市生活，好像从来没有认真注意过天上的繁星，他一直认为城市辉煌的灯火把空中的星光淹没了，使它们失了光彩。这时才发现，今夜星光灿烂。

夜空是深沉的，宁静的，这深沉和宁静渐渐平复了他那颗痛苦的心。他闻到了一阵浓重的香脂气息，这种女人身上散发出来的气息，唤起他内心的渴求，就像在沙漠中长途跋涉，心衰力竭时，闻到了充满水气的芳草味儿，每一个汗毛孔都会舒张吸吮似的。他疲倦了，产生了倒进她怀里的欲望，再强壮的男人也需要女人的爱抚和宽慰，何况他有一颗受伤的心。

他像是躺在漂浮的船上，没有此岸，也没有彼岸，任其荡漾着。他松散着每一根神经，任身体沉下去，沉下去。他触到了她圆滚丰满的胸脯，吸吮着醉人的香馥，慢慢闭上了眼睛。女人的怀抱是宽阔的，宽阔得像海洋，任何不幸融进这海洋里，都会消失干净。

开始她轻轻揉搓着他的头发，充满柔情，渐渐地用力起来："喂，你睁开眼睛。"

他没有动，身体还在下沉，他希望离开风浪和漩涡的中心，沉到随便一个什么地方去，安息自己的心灵。

她开始摇晃他:"起来,我有话说。"

他翕动嘴唇,喃喃地问:"什么事……"

"还用说吗?你是真不知道,还是装糊涂?"

"……"他睁开了眼睛。

"这个……"她在他眼前捻着手指,做出点钞的样子,噘着嘴,但不真气恼。

哦,女人……海洋般的怀抱,忽地一下,他被甩到浪尖上,那种沉下去的踏实感和舒适感消失了,刚刚忘却的痛苦又袭上心头。但这只是一瞬间的事儿。他应该知道眼前这个女人,对于她来说,首先是钱,其次才是女人,这本不足怪的。对于他来说,人世间的事本不该烦恼,他应该超尘……他宽解着自己,努力不使自己在她怀抱里窒息。

他摸索着,从口袋里掏出一个厚厚的纸袋,里边是他一个月的工资,刚刚到手一文没动的工资。他想向女人脸上摔去,但没有那样做,只是把它放到她伸出来的手掌上,眼睛转向星空。海洋消失了,身子底下流淌的是浑浊温暾的水。

她的眼睛亮了,闪着贪婪的光,把钱抓在手里,粗略点了一遍,机敏地装进口袋。

"你真大方。"她瞟了他一眼,满意地舒了一口气。

他却感到可笑,三天前他还为在食堂里吃一顿饺子还是吃一碗米饭踌躇过。那不过是几角钱的差异,今天竟挥霍得像富翁。

"看起来你是个老手。"

"什么老手?"

"对女人,这么有气魄,是做买卖的吧?"她努力摆出精通世故的样子,但很做作。

他想呕吐,因为肚子里的酒精,也因为眼前这个女人,但他吐不出来。

"你有地方吗?"她平淡地问,那口气像是市场上的商贩,张着称盘子问人家把花生米倒在哪个兜子里。

"没有。"他也平淡地回答,同时也极力克制着胃的痉挛。

"这就不好办了。"她小声嘟囔着。

沉默,彼此听得见喘息声。忽然,她恼火起来,脸拉得很长,牙齿咬得咯咯响,冒出一句女人很难出口的脏话来。

他转过脸去,月光下,她脸上的柔情蜜意消失了,像万花筒似的,露出一副尖刻相来,变形的脸十分难看。

她感觉到了他的目光,只那么一闪,表情就变了过来:"你别多心,我没有骂你……我本来是有地方的,但是那儿有一些缠人的家伙,他们什么也不在乎,当着你的面也会……你这样的男人又忌讳这个……"她伏在他的肩头,用询问的目光盯着他:"不过,只要你愿意,我会把他们赶跑的。"

一阵恶心,他终于吐了出来,胃肠本应该舒畅一点,随之而来的却是更大的痉挛。他彻底垮了,连呻吟的力气都没有了。

她皱了皱眉头,轻蔑地吐了一口气,掏出手帕,尽心尽意地为他擦拭起来。嘴上、脖子里、衣服上,都擦干净了,然后把手帕揉成一团,扔进草丛里。

"说起来连我自己都不相信,怎么会和那帮魔鬼混在一起,一些连牲口都不如的家伙。不过已经是没有办法的事情啦！"她喃喃自语，真像着了魔似的，"混到这个份上，只好认啦！"

他曲蜷着身子，把头埋进大腿间，夏夜是清爽的，温湿的土地已经浸出凉意。有小虫子在草丛里鸣叫，这叫声更衬出夜的宁静。她忽然停止了诉说，因为她感觉到他的双肩在抽动，并听到从他喉咙里发出的呜咽声。她第一次听到男人的哭声，感到惶恐。男人在她面前，从来都是强者。

"你……怎么啦？"她把脸贴到他的背上，轻声地问。

他没有回答。

沉默片刻，她舒了一口气，露出媚笑，摇晃着他的肩头说："喂，别想那些没用的啦，管别人什么，听我说点高兴的事，开开心怎么样？"

没有反应，他心里正在想，如果他把她从这陡坡上推下去，自己再从这里跳下去，会是什么样子呢？

她对他的遐想，全然不觉，身子往后仰着，两只手支在身后，腿伸得直直的，皮鞋不知什么时候脱掉了，修长的腿，一双好看的脚，洋溢着生命的魅力。她轻声哼起歌子，月光下眼睛闪着光亮：

　　我本来想和你诉说
　　谁知道你也一腔烦恼……

她的声音很动听，这使他为之一振，但仍然没有看她一眼。

她失望了，收回打着节拍的双脚，和他一样，双臂抱住弯曲的大脚，下巴支在膝盖间，望着岗下的灯火，静静地想着她的心事。

一辆载重汽车从身后的马路上驰过，好像大地都在震。她把手搭在他的肩上，轻轻地摇晃着说："男子汉，快把人憋死了，说点什么不好吗？"

他抬起一只手，把她搭在肩上的手推开了，然后无声无息地垂下头。

她先是一愣，然后又亲昵地搂住他的脖子，摸着他的脸蛋说："算了吧，别一本正经了，来……"

他掰开她的手，仍然保持着沉默。

她终于被激怒了，冷笑一声推开他，挺起身子，发起火来：

"一个哭天抹泪的酒鬼，一个臭气熏天的男人，有什么了不起？你以为你高贵，瞧不起我，你走好了，干吗赖在这儿耍熊。"

他毫无反应，直愣愣地盯着前方，身上确实散发着呛人的酒气。

她钩起鞋，穿在脚上，站了起来，用手拍打着屁股，滚圆的胸脯抖动着。然后斜着眼睛问："喂，酒鬼，你要是不走，我可是要走了。"

她期待着他的反应，讪讪地站了一会儿，一跺脚，转身离去，迈着踉跄的步子，消失在树丛里。

他把身子一挺，四仰八叉地躺在草地上，睁大了眼睛，西挂的圆月，闪亮的星星，淡淡的银河，全收在眼底。这样凝视夜空，才能看出宇宙的深广无垠来。大地好像在身子底下旋转，潮湿的气息吸着他，又生出要沉下去的感觉。

不知身子底下的土地旋转了多久，耳边响起窸窣的声音，接着头顶上现出一个女人的身影，一张惨白的脸，正俯视着他，他立刻坐了起来。

"你怎么还不走？"

"我……害怕。"

扯谎！这样的女人怕什么？离开夜她就无法生存，一个娼妇装成良家闺秀的样子更令人讨厌。

"不知为什么……看见别人难过，我就受不了。"她小声小气地说着。

"你怎么知道我难过？"他抬起头来，冷冷地问。

"看得出来，你不开心，还没有男人在我面前不开心的。"

从表情到语调，都显示出可怜巴巴的样子，她蜷着身子，又在他身边坐下来，并再次把头靠在他肩上，在他耳边悄悄地说：

"你很难过，对不对？有不顺心的事，对不对？我有时就烦得什么也不想干。不过一个男人到你这份上，不是窝囊废，就是一个不肯伤害别人的好人。你知道，我还没碰上一个像样的好男人呢！"

他鼻子一酸，那枯干了的泪水又流出来。她毕竟是一个女人，一个不失母性温柔体贴的女人。他伸出胳臂，紧紧搂住她滚圆的肩头。他凝视着她，月光下，他发现她双眼紧闭，面颊上流满了泪水。

他惊诧了。

他内心升腾起一种愿望，想去亲吻她的嘴唇。她闭着眼睛，扭过脸去，并握住了搭在她肩头的手：

"你是第一次？"她问。

"什么……？"

"和我这样的女人，是第一次？"

"不，是老手。"他回答，并扬起头。

"你在说谎。"

"我为什么要说谎？"他死死盯着空中的明月和繁星，神色有点瘆人。

"你生我的气了。"她说着，抚摸着那只有力的手，"人生有多少第一次，第一次上学，第一次发工资，第一次爱上一个人，第一次发现被欺骗和第一次骗人，第一次……唉，人生第一次，可以把人引进天堂，也可以把人带进地狱……"

她缄口了，用牙咬着嘴唇，月光是淡的，她的神色异常地清冷。

望着月光下她冷峻的神色，亲吻她的愿望反而更强烈了，那只搂着她肩头的胳臂箍得紧紧的，他想扳过她的身子……哦，第一次，既然命运为他安排了这第一次，是一杯苦酒，也要喝下去。

"别。"她掰开他的手，把身子抽出来，"你不要碰我。"

"怎么了？"他瞪起眼睛，望着这个喜怒无常的女人，握紧了拳头。

她用手理着头发,脸型被扭曲得失去了光彩,冷冷地说:"算了吧,我什么人没有见过,什么事情没有经历过,要是我不愿意,谁也别想从我这里讨便宜。"

他再次扳过她的肩头,喘着气,眼睛都红了。她咬起嘴唇,注视着他,一点也不示弱。他们就这样对峙着,突然间,她温和地笑了,嘴角弯了上去,洁白的牙齿闪着光亮,那暗黑色的嘴唇更深了。

"你发火了,跟我这样的女人,你别生气,来,跟我起来。"她先站起来,并伸出手去拉他。

他屁股坐得牢牢的,心里十分恼火,他不想再被这个女人左右。

"别这样小气,在这个世界上,这么小心眼儿的人,别想混下去。"她耐心地俯下身子,用力去搀扶他起来。

他犹豫了片刻,最后还是服从了,站起来后,两腿有点发软,只好把手搭在她肩上。

"跟我走吧。"她说。

"我不去。"他回答,并抽回他搭在她肩头的手,"我绝不到你们那种地方去。"

"我送你回家。"她望着他的眼睛,很认真地说。

回家?他怔了片刻,才领悟过来。他还有家吗?那个家对他来说还有什么意义……心里一阵绞痛,身子又沉了下去。

她忙托住他,架起他的胳膊,把他拖到附近一条长椅上,让他躺下来。

他又看到了那无垠的夜空,有一颗流星从苍穹上划过,拖着一条光亮的尾巴,流星闪过的夜空更凝重了。

他枕着她结实的大腿,舒展开身体,感觉到了实实在在的依托,一种在女人身上才有的依托。他耳边响着她窃窃语声,他没有听清她说了些什么,也不知道自己说了些什么,艰难的人生跋涉使他疲倦极了,他慢慢闭上了眼睛,沉稳地睡着了,什么也没有想,什么也没有梦见。他终于把自己忘却了。

……

早晨,天色还在朦胧中,他就醒来了。头很痛,口腔干燥,火烧火燎的,苦得发涩。他呆了好久,才想起昨天晚上的事儿。他记不清她是什么时候走的,她什么也没有留下,连她身上香馨的气味也消失得干干净净。

他从长椅上坐了起来,浑身难受,懒散无力。由于汗迹和灰尘,他的手脏得很,他用手搓着,并开始翻手帕,几个口袋都翻遍了,什么也没有,只是翻出一个厚厚的纸袋。他看了一眼,又把它装了回去,继续翻寻着。当他的手再次触到那纸袋时,猛然间才意识到什么,又把纸袋拿了出来。这是他的工资袋,昨天夜里他已经把它送给那个女人了,什么时候又回到他的口袋里呢?

他把身体重重地靠在椅背上,那只握钱的手垂下来,他没有失而复得的喜悦。他俯下身子,用手绞着头发,搜索枯肠地回想着,那个女人说了些什么。当时他蒙眬睡去,一句话也没有听清,现在更记不起来了。

纸口袋原封不动地躺在手掌里,她一分钱也没有动。他希望从这里边发现点什么,一张纸条,几行字迹,结果很失望。什么也没有,只是从触摸中感觉到了那女人身上的温热。

她走了,这个在地狱之门盘桓的女人。他知道在这个人海似的城市里,很难再见到她了。他不知道她的身世,也不知道是什么厄运使她敲响了这地狱之门,但她给了他启迪……城市已经苏醒,到处喧闹起来。他扶着椅背站起身子,向那宽敞的、拥满人流的马路走去。

绿地

一

我们都姓曲,不知道五百年前是不是一家,现在确实没有血缘关系。我们住在一条街上,是那种被称为铁哥们的好朋友。

老大称老曲,我被称作大曲,老三是小曲。尽管我们之间年龄的差距仅两个月零三天。

老曲经历坎坷,他很小的时候,父母就离婚了。他跟他父亲在一起。他父亲是个魁梧的男子汉,很喜欢他,常把他搂在怀里,儿子长儿子短地亲着,爱子如命。父亲也有不要"命"的时候,就是好酒贪杯,喝起酒来什么也不顾,常把儿子丢在一边。因此老曲小时候常穿油光光的衣服,头发长长的,总是被街上的孩子打得鼻青脸肿。

老曲在这打骂中熬了过来,如今成了这条街上的好汉,会舞三节鞭,打少林拳,一身的腱子肉。哥们谁在外边栽了跟头,找到他准能给你做主,够朋友,讲义气,我们对他佩服得五体投地。

老曲在轻工市场摆了一个床子，专卖时兴服装。别看人粗，生意做得不赖，见了男的叫师傅，见了女的叫大姐，粗门大嗓的，喊响半条街，每天都有几张大白边的进项。老曲财大气粗，哥们到一起，好酒好菜招待，吃饱了喝足了，还甩给你两盒云烟让你拿着解闷去。

小曲是个小白脸，这家伙是天之骄子，命运极好，有个当官的爹、有钱的妈，自己还有个全民编制的工作。不过他不满足，他说他老子是个平庸的官僚，他不想靠他老子，要走自己的路。我们不是巴结他，他有一技之长，能把死的说成活的，把有的说成没的。当他绘声绘色地说到他亲眼看见一只老鼠吞吃了一只公猫，吓得母猫带着猫崽狼狈逃窜，那地方从此成为无猫区时，你明知他在胡说八道，满嘴放炮，荒诞不经，你又不得不目瞪口呆，如痴如迷地上当受骗，认为这保准是真的，因为世界太大，很难说哪儿会出点毛病。有一次老曲对他说："你小子应该当作家去，作家全靠这么胡说八道赚稿费的。"

谁知小曲十分认真，他从口袋里掏出一个小本子，兴奋而快速地翻着，他说这是他的生活笔记，上边记的是创作素材。他说以前的诺贝尔文学奖全叫外国人拿去了，他们看不懂中国文学，他推测五年后诺贝尔文学奖肯定落在中国，那时他正红得发紫，大有非他莫属的意思。

我这个人没有什么特殊的地方，我爸爸既不酗酒也不掌权，他在一家食杂商店当蔬菜组组长，五十大几了一提退休就跟我妈吵架，那架势是准备在岗位上革命到底了。我妈倒能为儿女算计，请客送礼开诊断书，提前办了病退。不过班让我妹妹接去了，我只好在一家集体单位当听差。

"你太平庸，一点儿特色也没有。"小曲悲天悯人，对我说这话时一脸绝望神色。

"是的，大曲，你应该干出点儿什么，轰动一下。"老曲这人挺实在，他也这么说，大概这评价总有点儿道理。

我们三个好得像一个人似的，整天在一起，看电影，下饭馆，泡茶座，混舞厅，穿一样的衣服，戴一样的帽子，向满世界声明，我们是铁哥们。以至有一天我竟发奇想："我们这么一天到晚地混在一起，别是同性恋吧？"

"这是男人的友谊，将来我要写一本书，专门论述男人间伟大而真挚的友谊的。"小曲说得真诚而庄重，我差点儿感动得掉下眼泪来。

"谁也别瞎说，就凭我们一天到晚地发疯似的想找女人就没资格当同性恋。"老曲有资格这么说，听说他已经有"目标"了。

二

这是几年前的事了。那时候我们都盼望着能发疯似的爱上一个姑娘或被一个姑娘发疯似的爱着。我知道我们这个年龄的人全都这么痴心妄想，虽然我极为平庸，但在这方面野心也不小。

最早有女朋友的是老曲，而且姑娘如花似玉，不高不矮，不胖不瘦，鼻梁挺直，眼睛明亮，嘴唇红润，皮肤细腻白嫩，身材婀娜多姿，在她身上起码可以找出十项最佳来。那名字就更有味了——玉雪，凝脂的玉和晶莹的雪连在一起，人家爹妈是怎么想来着？我和小曲第一次见到她时就被"震"了，回来的路上好久没有说话，要分手时小曲才说："这叫美女爱英雄，舞台上那个花脸大汉项羽不是到死也有个绝代佳人相伴吗？"

我虽然平庸，还是听出这话里褒贬甜酸都有。

还有更叫绝的，玉雪既美丽绝伦又温柔多情，她有工作，每天下班还去市场帮老曲看床子，还没过门就去帮助老曲收拾由两个光棍拼命糟蹋的屋子，生火做饭洗衣裳。不像眼下有些大小姐们丫鬟身子小姐脾气，选丈夫不仅要求保姆厨师，金钱地位集一身，还得有文凭水平，第三梯队，每月有三百元以上的第二职业收入，两屋一厨，风流倜傥，一米八五，总之好像自己能当正宫娘娘似的。相比之下我们更痛恨那些认识和不认识的大小姐们，把我们在爱情上的失意全都发泄在她们身上，我们虽然知道这里有点吃不着葡萄就说葡萄酸的意思，还是愤愤不平又义愤填膺。

"马粪飘在水面，金子沉在水底，谷穗越丰满头越低。"小曲背着不知从哪儿看来的格言，掏出本子记他的"素材"。他和三个姑娘谈过朋友，而没有一个中意的，"层次太低"。每次都这么牢骚。

后来老曲向我们讲了他的恋爱史，他讲得含含糊糊，我们还是听明白了，无非是金钱和运道，他在经济上帮了她家的大忙，然后趁热打铁，百炼成钢。

一旦知道了真相，就觉得索然无味，有点儿损伤老曲在我们心中的高大形象。但我们毕竟是朋友，忌妒归忌妒，我们相信爱情这玩意儿不应有什么固定模式，不管什么途径，俩人相亲相爱就行了。

三

小曲写了好几篇小说，屡投不中，他不知道现在编辑部经费困难，一般稿件不退，作品也就泥牛入海没了消息。他就十分怅然，十分痛苦。

小曲痛苦后便是愤懑，接下去便是奋发，继续写继续投，继续泥牛入海无消息。我看过他的几篇小说，觉得和报刊上发的差不多。老曲很赞同我的见解，他说这玩意儿也得搞关系，我们在编辑部没人。其实我真正的意思没有说出来，怕小曲伤心。他的那些小说和我在报刊上读过的一些小说一样——没劲。

小曲鄙视老曲的见解："你不懂，这和你做买卖两回事。"但他同意搞些社交活动，因为他多次云山雾罩地同我们讲过如今是社交和信息的时代，那架势和口气俨然是公共关系学教授似的。

小曲说起他认识一位作家，没有什么深交，可以走动走动。老曲立即表示赞同，并掏出几张大白边："带些东西去。"

小曲拒绝了，但要我们陪他去。

作家是一个中年人，细长个子，看人的时候目光老不集中。我们去的时候，他们全家正在吃饭，大米饭，白菜炖豆腐，还有点儿什么小菜,没有作家的派头。开头就让我们扫兴。他那个老婆也不管我们是第一次登门的客人,大声数落这位灵魂工程师,家里事什么也指不上,一年到头挣得几个稿费,不够买瓶醋的,用那些时间到街头卖茶叶蛋,早成万元户了。

"你们还年轻,千万别干这一行,干一个瞎一个。"作家的老婆愤愤不平,眼看就要迁怒到我们身上。

作家唯唯诺诺,放下饭碗把我们让进他的"创作间",一个六七平方米的小屋,一张桌子和一张床占去了一大半的地方,到处是书和杂志,还有写过的和没有写过的稿纸。

"现在有志于文学事业的青年少了,不像前几年,以至报纸不得不发出不要挤到一条路上的呼吁。"作家接过老曲递过的烟点上,他显然为我们此时来朝圣感慨,感慨之后谈起写作、出版等文坛行情,大有人心不古世风日下的意思。

我为小曲感到难过。小曲一边倾听,一边点头,一脸的神圣。我把握不住他是不是在做戏。当我们要走的时候,才记起作家吩咐他老婆沏茶的事,一直没有下文,也因此后悔没有按老曲的意思带些东西来。作家很热情,一直把我们送到大街上。

小曲说这位作家一年也就发表三五万字的作品,按我们知道的稿费标准算,一年收入不过几百元。幸亏他是业余的,要是专业作家老婆非闹离婚不可。

由此我们想到小曲要是真的痴迷上作家这一行当,从此会苦海无边,灾难重重,犹如唐僧西天取经而没有孙悟空保驾。

"小曲我看算了,别去弄那玩意儿了,抽空帮我看几天床子，我也给你三百五百的，有闲工夫晚上到我家磨牙去。"

老曲生意做到这份上不容易，我们不能随便去赚他的钱。但后一条意见采纳了，隔三岔五地到老曲家去坐坐，天南海北云山雾罩地聊大天。

四

每当小曲胡乱吹牛时，玉雪总是凝神倾听，看得出来她绝顶聪明又心地善良，所以能平和练达而善解人意，她欣赏他带有狡黠的天真，了解他大智若愚的装疯卖傻和死去活来的表达艺术。

她蜷着腿，靠在长沙发上，娴雅得像一只高贵的波斯猫。不管是微笑、开怀大笑，似笑不笑都能光彩照人而满室生辉，灿烂得让人想去跳霹雳舞。我知道我和小曲常来这里，很重要的一个原因是想看到她这迷人的风采。这虽然不带有什么肮脏目的，但也难以启齿。

小曲常讲一些奇闻逸事，一个漂亮的大小姐同时和七个家伙谈恋爱，每周见面一次，由于时间安排得井然有序而他们全然不觉，一个个幸福得心儿颤抖；某文艺团体体制改革有多少演员下放上访告状吵街骂娘，团长如何躲在办公室让人从窗口送饭，他老婆来了破门而入，把他从办公桌底下拉出来，以为他乱搞男女关系而大打出手。他说他准备写一部长篇小说参加诺贝尔文学奖的评选，因为生活底子薄而迟迟不能动笔所以痛苦不堪，他想深入生活不能如愿，他不怕扣工资奖金，是领导不给假。他说有一次为了体验夜晚的恐怖自己到一个准备拆迁的破楼里过夜，结果遇上一个白衣人影而吓得魂飞魄散，屁滚尿流。定神细看，原来是一个年轻的女人在这里寻短见，绳子已经挂到脖子上。他强打精神把她救下来，她对他说希望他救人救到底，希望他能娶她，她说她很有钱，生活有保障，只是精神空虚。他拒绝了她，因为他认出她是一个很有名气的影视演员，保不准她也在这里深入生活，也许那带红外线的摄影机正躲在哪个角落里对着他们，抓拍这种不付报酬而表演逼真的傻瓜戏呢。

小曲讲这些荒诞故事时，好像他是文艺界权威人士了。听说作家们常梦游似的把对爱情的憧憬、对金钱的追求、对事业的向往编进小说里，聊以自慰。在这些毛病上，倒能看出小曲的希望来。

当我和老曲拼命抨击他的时候，玉雪常常不以为然，她说："人活着挺累的，干吗那么认真，你们两个人太乏味。"

有时小曲说得眉飞色舞，唾沫星子直喷，老曲会突然冒出一句："今天有两个山炮来买裤子，我死说活说，每条裤子我多赚了他们十块钱，而他们像买了便宜货似的高兴地走了。"

逢到这时候，我就会把目光投向玉雪，看她反应如何，玉雪常常无动于衷，她根本没有听见老曲在说什么，听说内心荒寂的人喜欢把自己封闭在超凡脱俗的忘我意境中。

五

生活赋予我们的不再是品评和清淡，我们像是被输入一架搅拌机里，上下翻滚，左右突杀，虽然精力充沛，如鱼得水，却也忙得四顾无暇。朋友间相聚的时间越来越少。

不知过了多久，一天下午，突然接到老曲的电话，约我晚上到华梅餐厅吃西餐，我胃里正缺酒亏肉，巴不得有这机会，便欣然前往。

进了豪华的餐厅，老曲和小曲已经坐在那里。老曲神色有些不对，他是那种把心事写在脸上的人。小曲显然精心打扮过了，头脸是新的，衣服板板正正，周身上下一尘不染，像是参加女王晚宴的英国绅士。他过去常把牛仔裤的裤脚剪成飞边，T恤衫和夹克服故意弄得皱皱巴巴，什么摇滚乐、霹雳舞，除了不吸大麻，他是颇能赶世界新潮的。士别三日当刮目相看，大概他有了相好的，对方也是个不吸大麻，端庄得有些保守的女孩子。谁说只有女为悦己者容？

酒菜上齐后，老曲举杯问："我们是铁哥们不？"

"金刚石的。"我说，口气足能斩钉截铁，心里在计算这桌酒菜的价格。

"有事能不能两肋插刀。"

"何止两肋插刀。"我望着桌上那盘大虾，想到老曲起码为这一盘菜就要付出二十块钱，心里就热乎乎的，"不过，出了什么事了？"

"最近玉雪变了，有人看见她常和一个小白脸来往。帮帮我的忙，弄清这家伙的来历，我收拾他。"

老曲掏出一把匕首，咣当一声扔到桌面上。我忙抬眼四顾，看有无警察在场，因为在公共场所亮出凶器会被拘留十五天。幸亏没什么人注意。

我刀原是我的。我把刀子拿在手里,这是一把保安腰刀,是一个当采购员的哥们送给我的。拿回家里,我爸气得血压上升,我妈吓得险些昏厥,我只好把它送给老曲。老曲乐得手舞足蹈,大夸我够朋友,我也就没告诉他我妈要把它沉入江底和我爸准备把它交给派出所,因而也就没想到今天会派这用场。

"我要好好教训教训他。"

"可是法律……"我说这话时支支吾吾,走腔跑调,心里直犯嘀咕,为老曲今天的腰包抱不平。

"你小子平庸无能,狗屁不是,什么话和你说了等于白说。"老曲把脸转向小曲,"起码给他身上留点纪念,对不对?"

我这才意识到小曲一直没有表态,此时非常希望他能劝阻老曲别干蠢事。

"我同意给那小子点颜色看,打伤致残都行,必要时可以要他的小命。问题不在那个想吃天鹅肉的家伙,你杀了他也无济于事,你能夺回玉雪的心吗?"

"你这是什么意思?"老曲问,还没喝酒,他脸就涨红了。

"爱情是不能勉强的。"

"可爱情这玩意儿也没有让的。"

这就是小曲的不对了,老曲受到如此的伤害,他本应该安慰他,却火上浇油,不是成心折磨哥们吗?

"为了一个女人,何必呢?"看到俩人剑拔弩张的样子,我想想息事宁人，话一出口就后悔了，这话太没胃口，在一些电影里常有这种混账话，而说这话的大都是给人配戏的三四流的反面角色。我下意识地看了一眼镶在墙上的茶色镜子，好在镜子里的家伙虽然不是盖世英雄的形象，也不至于到了小厮痞子的份上。

我正想入非非，老曲和小曲都把怒气转向了我。

"你小子尽说混账话。"

"玉雪是普通的女人吗！"

六

第二天小曲来找我，一脸的惶恐不安，支支吾吾，难以启齿的样子。

"大曲，这话只有对你说了，你知道老曲昨天说的那个小白脸是谁吗？"

"哈尔滨这么大，几百万人口让我上哪猜去？"

"远在天边，近在眼前。"

这家伙说什么都讲究戏剧效果，专爆冷门邪门，不过这种玩笑可开不得。

"真的，是我把玉雪从老曲手里夺来了。我爱她，她爱我，两相情愿。"

如果小曲说他有一个美国舅舅是一个百万富翁，没儿没女等着他去继承遗产，或者说他亲眼看见母猪生下一头大象和读过猴子写的小说，都不会让我吃惊到这个份上。

我跳起来大发雷霆，骂他是无耻小人，可恶的第三者，背信弃义的犹大，一个没有男子汉气度的臭男人，等等，总之我把一切恶毒的字眼都加到他身上。我和老曲和小曲都是朋友，我这样说对得起伤人者和被伤者。

"你一天到晚两眼直勾勾地盯着玉雪，就不是好兆头。"我想起自己的一些隐秘念头，才把声调降下来，"你说说你究竟中了什么邪啦！"

"你喊完啦！"在我发泄气愤时，小曲一动不动，一声不吭，从头到尾，认认真真地听着，直到我口干舌燥，脑子里一片空白，他才白着眼说，"老兄，要论伦理道德，我会从人类起源说起，母系社会、父系社会，直到东西方文明的历史演进。可是爱情——你懂吗？爱情——一个男人和一个女人之间的具体的爱情，却复杂得写一千本书也说不清。"

我真想打碎他的脑袋，拣出他那个复杂的爱情来看看是个什么奥妙的东西。

当我带着小曲的爱情，向老曲讲了真相以后，老曲第一反应就是笑："这小子不识时务，这时候抖这'包袱'，让人开心不起来。"

我双眼向他凝视，自我感觉十分庄重，那意思告诉他一切都是真的，不管他信不信。

"他就有这个本事，什么事经他一说，就好像真有那么回事似的。"老曲声音沙哑，跑腔跑调的，看出他故作镇定而又招架不住，那苦楚的目光像是说，我早就知道这小子靠不住，只是不愿意接受现实。

我们沉默了许久,老曲才愤怒起来:"小曲太不够意思,宁穿朋友衣,不占朋友妻,这道理都不懂。"

"玉雪还不是你老婆。"

"我同她睡了。"

"小曲不计较。"

"我计较,我爱玉雪这你们都知道。"

"可是玉雪不爱你,这我也早就看出来了。"

"谁说的?有凭据吗?我哪点得罪你了,也说这些混账话?"

"我觉得你完了,你和玉雪的事完了。"

"不会的,你告诉小曲,我要和他会会,让他知道我爱玉雪和玉雪爱我。"

"要决斗吗?"

"他不堪一击。"

七

我知道我们之间的友谊要完了,我挺珍惜这种友谊,男子汉之间的友谊不是别的什么能代替的。

这怪谁呢?

我曾真心实意地崇拜过一些提倡妇女解放的思想家们,他们勇敢地为历史上被曲解的女性翻案,抨击那些无力治国齐家平天下的男人们,把失败的责任推到女人身上而视女人为祸水的荒诞行径。但此时此刻我还是想起了误了大唐江山的杨贵妃,乱了北宋民风的潘金莲,以及诸多打上祸水烙印的各色女人们。由此我知道把理论注入实践是多么不容易,自己不过是一个阅历不深的毛头小子而已。

在太阳岛上的小树林子里,老曲来了,小曲也来了,两个人站在那里,像是美国西部片中的牛仔好汉一样,挺胸昂头,严阵以待。我知道两雄相斗必有一伤的道理,禁不住腿肚子转筋和心里发毛,我有一紧张就想小便的毛病,但此刻我又走不开。

树林中有一块绿地,过去我们常上这儿来聚餐,吃得有滋有味儿,觉得环境和气氛好极了;现在眼睛发花,怎么看都像是葬送友谊的决斗场。

我替小曲担心,不是因为他身单力薄,而是他夺了老曲所爱而底气不足,这靠胡说八道、艺术夸张和机敏天真都不能解决问题。而小曲倒不大在乎,腰板挺得笔直,脸绷得紧紧的,像眼下流行的冷面男明星扮演的那些英雄似的,深刻是够深刻的,我想这仍然经不住老曲的拳头。

他们的对话则稀松平常,像跑江湖的二流打手:
"小曲,我们兄弟多年,哪点儿对不住你?"
"我们情同手足。"
"你这小子干这种鸡鸣狗盗的事,太不光明正大。"
"这是两回事。我承认伤害了你的感情,我今天来就是任打任罚来了。"
"你……我不罚你,但你必须离开玉雪。"
"这办不到,我不能背叛我和她之间的爱情。"

"你别胡说八道。"老曲脸涨得通红,脖子上的青筋突突直跳,握紧的拳头抬了起来,我站在他们中间,拉开了架势,宁肯让拳头落在我身上,也不让他们动手……风暴没有发生,老曲和小曲的目光都投向远方,我抬眼望去,只见玉雪从树林子里走出来。她脚步有些踉跄,穿着红色连衣裙,像一团摇曳的火,飘浮到我们中间。

玉雪脸色苍白而憔悴,眉宇间透着苦恼:"曲哥,这不怪他,要罚就罚我吧,是我对不起你。"

玉雪一直称老曲为曲哥,听起来甜蜜蜜的,唯老曲有这殊荣。此时老曲木木的,竟不知如何反应,半天才说:"我知道你不会离开我,玉雪,当着大家的面,你告诉他们,你爱我。"

沉默。玉雪低下头,嘴抿得紧紧的,空气要凝固了,每一个人都在期待着,期待这难堪的时刻快点过去。

"曲哥,我不想伤你的心,但也不能说假话,我和他——相爱着。"

没有翻滚的风暴,没有隆隆的雪崩,但在这沉寂中,我相信每一个人都受到一次摇动天地的冲击。

"你说的是实话?"

"是的。"

老曲跳了起来,像一头凶猛的狮子吼着,他骂他遇到一伙男盗女娼的小人,他骂他被人耍了还蒙在鼓里,他骂天骂地,上至列祖列宗,下至狗猫鸡鼠,全都被他数落到了,愤懑得要疯了。他的拳头没有对小曲挥舞,也没有对玉雪示威,而是转向了我:

"你这小子傻站在这干什么，我们走，离开这臭气熏天的地方。"

八

我才注意到老曲走路肩膀一耸一耸的，他深一脚浅一脚地在草地上蹚着，有几次他都险些绊倒在草窠子上。

在江边大堤上，他开始脱衣服，脱一件摔一件，只剩下一条裤衩时，把那一团衣服一脚踢给我，然后跳下水去。

我抱着一团衣服不知所措。我是一只旱鸭子，见了水头就晕。我也知道老曲游泳技术一般，有几次小曲激他过江，他都不敢答应，为此小曲不止一次奚落他，说他是一头棕熊。看他奋力向江心游去，突然被一种恐惧所袭，我不相信老曲会寻短见，但一个人昏起头来很难预料会发生什么事情。

这时，我的老毛病又犯了，直想上厕所，便拼命诅咒自己。

又有一个人跳下水去，终于看清是小曲，这家伙外号叫浪里白条，在松花江里游两个来回没问题，有一次一对恋人划船，被风浪打翻，他一口气拖上两个人来。再看玉雪，和我一样，站在堤坝上，抱着一团衣服发呆。

我走过去，把老曲的衣服塞给她：

"你在这等着，我离开一会儿。"

"不，我跟你去。"

"你不能跟我去。"

"我怕。"

"吓死也不能跟我去。"

"你……你是他们的朋友,不能就这么走了,快拿个主意吧!"

亲爱的姑娘,我虽平庸但心地不坏,有主意还能往厕所跑吗!不过她的期待给了我灵感:"你去租条船,我马上就回来。"

我气喘吁吁地跑到厕所,又大汗淋漓地跑回来,玉雪已经将船租好,我们跳上船,用力向江心划去。

大曲和小曲的距离越来越短了,在他们接近主航道时,小曲追了上去,航道水深流急,老曲一会儿蛙泳,一会儿自由泳,一会儿侧身游,奋力同急流搏斗,小曲跟在他后边,两只眼睛盯着他,随时提防着不测,浪打过来,他们的身影时隐时现,当我把船划到他们跟前时,他们已经冲出急流,离对岸不远了。

我松了一口气,划着船跟在他们后边,老曲拒绝上船,看来他还有潜力。他想发泄心中的不快,这也许对他和小曲都有好处。我荡着船,望着他们爬上对岸,拉开距离躺在沙滩上。

玉雪由于紧张而苍白的脸,这时也恢复了光泽滋润的色彩,她忽然问我:"大曲,你恨我吗?"

"不恨。"

"那你为什么躲我?"

"我不是躲你。"我说,但没有解释。我现在才想起来,刚才我急三火四地跑到厕所口,又稀里糊涂地跑回来,什么事也没干。

"我知道你在想什么，你认为我破坏了你们的友谊，还认为我是个很俗气的姑娘，摆脱不了传统价值理念，不肯嫁一个个体户。对不对？"

我不置可否，我对姑娘们一股脑儿去嫁时代宠儿的做法从不以为然，对老曲的不幸、小曲的追求，还有玉雪的选择，我都不知该怎样评价。每一个人都有选择生活的权利，同时都处在被选择的位置上，对于写一千本书都说不明白的爱情，我三言两语能讲清吗？

对于我的沉默，玉雪同样报以沉默，她用手遮阳向岸边张望，岸边游泳的人很多，一转眼便很难分辨出老曲和小曲的身影。

她的心牵在岸上，我寻到了话题："别担心，衣服在船上，他们谁也走不了。"

错乱

一

我总觉得有点事情要发生。

心律不齐,食欲不佳,精神恍惚。什么也不想干,不能干,干不了,甚至那些让我着迷了一阵的惊险小说、街头小报都被我扔到床底下。

我老婆说,你走火入魔了,应该找精神病医生看看。

我没去。我去逛大街。

我喜欢逛大街。挤在摩肩接踵的人流中,望着五花八门的面孔,快乐的、忧伤的、漂亮的、丑陋的、纯洁的、邪恶的,你就会想到他们身后喜剧的,悲剧的,又喜又悲的故事。你就会觉得天地宽广无垠,你会像超人似的,俯视这芸芸众生,看他们行善作恶而不担干系。可现在不行,我横着膀子在街上走,一个面孔也看不见,身边拥来挤去的个个像无声的幽灵。

"喂,师傅,买卦书不?"一个三十大几的男人,挡在我面前,压低声音神秘地问。他两腮消瘦,一脸胡茬子,只是那双眼睛炯炯有神,闪着幽光。

"什么?"我问。

"算命大全,问凶问吉,求财求官,上边写得明明白白。祖传秘本,不灵不要钱。"

他从怀里掏出一本小册子,二十几页纸,封面印着地道的伏羲八卦图。

"算命……多少钱一本?"

"便宜,五元。能指点迷津,逢凶化吉,保你升官发财。"

"算了吧。"我立刻来了精神,极端轻蔑地瞥了他一眼,"我花一元钱,就有人算出我前五百年的阴德、后五百年的造化。"

"这怎么能比呢?"他扬起眉毛,居高临下地教导我,"那不是给人家送钱吗?你买了这卦书,学会了算卦,不是等着人家排队给你送钱吗!"

"那倒也是。"我露出一副彻悟的样子,接过卦书。

"看你是明白人,我才卖给你,别人我还不传呢。"他又大模大样地从怀里掏出另一本来,"不过你得买两本,那是上册,这里还有下册,也是五元钱,缺一不可,要不怎么叫大全呢。"

"两本十元啦!"我瞪起眼睛喊了起来。

"好吧,货卖识家,两本你拿去,给我八元,算交个朋友。"他一脸的豪爽,眼角却不住四下扫着。

"好吧。我也有一样东西,你要不要?"我把手伸进西装内兜里，胡乱摸着。

"什么？"他瞪大眼睛，疑惑地张望。

"淫秽读物，绝对刺激，一百元一本，看你够朋友，算你八十。不过我这是五本一套，五八四百，要不要？"

他先是惊愕，愣怔半天，才缓过劲儿来，脸上立刻堆起了笑，同时绽开了许多放射性皱纹："师傅你高明，兄弟我撞到枪口上了。"说着抓过我手中的卦书，头也不回地走了。

我继续闲逛。

繁华的中央大街，门挨着门的商店，从这个门进去，从那个门出来，一会就大汗淋漓了。我正挤得来劲，忽然听见有人叫我的名字。

只见马路对面有一个女人起劲儿地向我招手，见我发愣便斜穿过马路，一阵风似的出现在我面前。就凭这股冲劲我就没认错人。她是我原来的邻居，一个大院住着，枯黄的头发，尖尖的下巴，面呈菜色，属于丑小鸭类的人物，后来阴差阳错，嫁给了一个大学生，那时文凭正走红，很快提了科长。把全院的姑娘都忌恨得咬牙切齿，说论相貌、修养，这姻缘都到不了她的名下，而她却嫁了，嫁得兴高采烈。

"好久不见了，听说你小子发财了，经常跑深圳、广州，还去过香港。"她一脸妩媚，笑得有声有色，这功夫不是一朝一夕练出来的。她的面容由于营养品和化妆品的作用，光艳得和当年那个黄毛丫头天上地下。

"哪儿，我给公家做生意，吃点残渣剩饭而已，不能和你比，有几十万了吧！"

"别听那些白话，还没那么多，十万二十万倒有，够花就是了。"

"你真福气，你做生意，你丈夫当官，有钱有权，天下便宜事都叫你占了。"

"我们早离了，那小子一身酸肉，窝囊得让人恶心。我把他打发走了。"

我为那位科长悲哀，显然是个有权不会用的家伙，连老婆都留不住。

"离婚要分财产哪！"

"臭美去吧，就他那样还想要老娘的钱。"

"那你现在？"

"又结婚了，我现在这口子还行，我们俩挺合手，日子顺心多了。"

"你们做什么生意？"

我们旁若无人，大气地说着话，从身旁走过的行人老远就注视我们，走过去还不断回头张望。

"我知道你有路子，这几样东西你看看，帮我留点神，事成了回扣咱俩平分，大姐不会亏待你的。"

她从小坤包里抽出一张纸来，上边写着一串时下紧缺的物资，这种单子不用看也能从头背到尾，尽管我头皮发紧，还是郑重地接过来。

"你放心，钱不能让别人赚去，谁让咱们是一块儿长大的邻居呢。"

"这才够朋友。"她咯咯笑着,又拍我肩膀,又捏我胳膊,一副亲密无间的样子。

我继续赶路,漫无边际地在大街上闲逛,心绪坏透了。

二

我后悔没买那浑小子的卦书,要不思想上也能有个准备。

一上班经理室女秘书就来找我,那张一向娇嫩明快的脸变得月朦胧、雾朦胧,她在说经理请你去的时候,像法警下传票似的。

在走廊里她轻声对我说:"你要有个准备。"

"准备什么?"我也压低声音问。

"你自己还不知道吗?"她眼睛向上一翻,小嘴撇了一下,接着禁不住一笑,那灿烂的光泽一闪,又朦胧起来。这越发神秘,因此也越觉得要发生的事情快发生了。

经理毕竟是经理,大腹便便,五十岁的人了,那保养得很好的胖脸仍没有一丝皱纹,油亮亮得冒光。身上散发着法国香水味。他很坦率又毫不难为情地亮了底牌,说:"这两年,你是为公司做了贡献的,公司也没有忘记你。只是我们接到一些举报,说你在广州和深圳期间,有些经济上的问题,在私生活上也有些不检点,大概是交了不少女朋友吧。当然,年轻人嘛,对改革开放的形势一下子还适应不了,我们还是保护你的,公司想安排你回原来的岗位上去,希望你能理解。"

他说完坦坦荡荡地望着我,一副大度的样子。

"我理解。"我说,"现在不是兴理解万岁吗。不过我这个人有个恶习,能上不能下,一个开了荤的和尚再吃素就难啦!"

"那……你……"经理那满脸大度消失了,红头涨脑地站起来,金利来领带都拧歪了。

"你别急,有好几家公司要聘我去,顾及公司的利益我没答应,现在我想考虑。"

"那也好……"经理松了一口气,扶了扶领带,一屁股坐下来。他知道我在胡说八道,但他不点破我,不想在这个时候火上浇油。

这不等于被公司开了?这公平吗?

当初我来公司不过是一个小保管员,就因为我有一个舅舅在广州做点什么事,手中有点权力,公司就硬印了一张驻广州深圳办事处的名片,把我押送到广州,像往水里扔鱼饵似的,把我扔到那座人海似的城市里,让我满街乱窜。

打开我舅舅的关节容易吗!我妈妈和舅舅多年没有往来了。当我妈还是黄花姑娘要嫁人时,没有听我舅舅的话,去嫁他的一个位尊的战友,做续弦夫人,而是嫁了一个平庸无奇的小职员。我妈的悲剧在于她没有识英才的慧眼,不像人家王宝钏,虽然过了十八年贫苦的日子,最终享了大富大贵。我爸爸当时平庸无奇,后来平庸无奇,现在仍然平庸无奇。我妈因为我爸没有为她争口气,大有不见江东父老的志气,虽然父母早亡,一直没去看望这个哥哥。我舅舅也就耿耿于怀,据说他多次到北方我们附近的城市出差，也没有来过我家一次，兄妹俩一南一北拉开了老死不相往来的架势。

这种关系，我是我爸爸的儿子，到我舅舅家能吃香的喝辣的吗？

到了舅舅家，老头子不冷不热，好像是我惹了他似的。

我耐着性子，同他谈了我妈如何想念他，知道他平日爱吃饺子，我们一家包饺子，她老人家就唠叨您老人家如何如何，当年怎样聪慧，怎样英武，流露出休戚相关、无限思念的样子。又说我妈几次想来广州看望您老人家，怕惹您生气而没成行。还说我妈虽没有来看你，可经常同我们讲起您老人家年轻时弃家出走，南征北战闹革命的故事，向我们进行革命传统教育。说到我父亲，我说其实我爸心眼特好，工作认真，兢兢业业，就因为进步不快，只提拔到处级（我爸单位二十几岁的小崽子都提科长了，他老人家到退休时还是科员），不好意思和你联系，怕给你老人家抹黑。

一席话说得老头子老泪纵横，吓得舅妈喊来保健医生，又叫来救护车，吃药打针量血压，折腾了半天，总算没出什么事。

等到老头子的血压恢复正常，我才说公司看我工作努力，品行端正，让我出来锻炼锻炼，独当一面。我也想为公司做点贡献，为公司做贡献就是为四化做贡献，为四化做贡献就是当代青年义不容辞的责任，就像您老人家当年献身革命一样。这样有的，没的，真的，假的，说了一大堆。老头子团体意识极强，有些动容，最终答应给我写了一张条子。

公司拿着这张条子,竟然做了两笔大生意,赚了一百万。对于这张条子的魔力,恐怕老头子自己也不知道,否则他的血压不会再降下来了。

办事处不过是个空架子,没什么业务可干,我便每天酒吧、舞厅、游乐场到处闲逛,还和公司考察团去了一次香港。那些鬼佬们精明得很,不知怎么知道我有些"背景",背着考察团请我吃饭,送我礼物,回到深圳后,还派一位秘书小姐经常和我联谊。

我的舞步到了出神入化的程度,不仅习惯了喝咖啡、兑鸡尾酒,品尝粤菜,还能品味出法国大菜、俄国大菜及英国、西班牙、美国等那些半生不熟的西式餐点的奥妙,区别出法国紫罗兰香水和其他香水的不同魅力。总之我修炼得不说炉火纯青,也到了忘乎所以的程度,以至我老婆来了七封信我竟忙得没回她一个字,直到最后一封信里,夹了一缕秀发,我才想起家里还有一位糟糠。

这天晚上,我谢绝了一切应酬,决定留在宾馆给老婆写信,可是铺开信纸,两眼发呆,竟怎么也想不起老婆的名字了。

"王先生在给太太写信,真不好意思打扰了。"那位漂亮的秘书小姐又来联谊了,她的公司在同大陆做的一笔生意,在签订合同上有些障碍,她来我这打通关节。

我正心烦意乱,心想我又不是和老婆睡觉,你有什么不好意思的。但我这个人天生意志薄弱,在金钱和女人面前,永远也挺不起腰来。我想与其在这里发呆,不如换个环境,轻松一下。十分钟后，一辆"的士"把我们送到"星河"，伴着轻柔的乐曲，我们双双步入舞池……

我为公司做的贡献还少吗？

三

出了公司，没有事干便给老婆打电话。

"真是的，又公出吗？"只有我老婆才有这甜甜蜜蜜的声音。

"不是，告诉你，我提科长了，公司还答应给我房子。"

"真的？你真能干！"

"那自然了，晚上早点回来，我们庆祝一下。"

"我早说过，我丈夫是无与伦比的。"

放下电话，决定去洗澡，做周身按摩，晚上无论如何要精神焕发，我不能让我老婆太失望。

我和我老婆是在街上认识的。

那天，我正在一家电影院门前看海报，两手插在裤兜里，一副百无聊赖的样子。忽然听见背后有一个女人的声音，娇滴滴的，挺撩人："喂，你——你是××吧？"

她说的是一位正走红的电影男明星的名字，我莫名其妙地回过身来，身后站着一位姑娘，正傻呵呵地冲我笑。看她虽然人高马大，但不像是要打架的样子，我便放松了警惕。男人最怕在女人面前放松警惕，许多事情就糟到这上面，我眨眨眼睛，说："我不是××，我是他哥哥，我们是孪生兄弟。"

那姑娘启开的嘴唇合不上了，眼睛半天也没转动一下，我忙回敬了一句："你是××吧？"

我随便说了一个女演员的名字，那是一个漂亮得可以的角色，她眼珠儿立刻活泼起来，嘴角弯了上去，满脸笑得灿烂辉煌。

我不是××，她也不是××，但我们两个就这么糊里糊涂地认识了。看了一次电影，吃了一次冷饮，便打得火热，后来她便成了我老婆。

结婚后每提起这件事，她就大叫："上当！上当！简直是拐骗良家妇女呀……那次我怎么看着你那么有风度，后来怎么不行了呢？"

我说："我会障眼法，专门引诱纯情少女。不过现在还来得及，眼下离婚率这么高，靠咱俩厮守着，扭转不了这个局面。"

"你不看看我现在这个样子，惨不忍睹啊，上哪再嫁人去。"

我老婆敞着怀，把背心挽得高高的，正给孩子喂奶，她身高马大，一身白肉，好像哪儿都能挤出奶水来，就是该出奶的地方不行。她说这话时，我儿子正闭着眼，努着嘴，拼命在她奶头上吸吮，她也一脸专心致志，努力合作的样子，我儿子和他妈奋斗半天，也只能吃个半饱，还得靠奶粉充饥。

"哪里的话，你风韵犹存，千万别灰心。"

其实在我眼里，我老婆结了婚比没结婚时漂亮，有了孩子比没有孩子时漂亮。

回到家里，我老婆正坐在小凳上洗脚，她这个人有洁癖，在娘家时家里有卫生间，天天洗澡。我这里只有一间十平方米小屋，一间两个人转不开身的厨房，没有办法，她一有空就洗脚，晚上洗，中午洗，早上来得及，也得在水池上冲一冲。我曾翻遍世界之最和吉尼斯大全，查找上面的纪录，也常打听世界各地五花八门的比赛，要是有关洗脚的项目的话，我老婆准能混个"小姐""皇后"什么的。

饭早就做好了，酒也摆了上来，我们面对面坐下，望着她那灿烂辉煌的笑脸，我心里涌上一股庄严肃穆的温情。

她是个善良的女人，和一些人比，她简直还是一个孩子。天真的傻气，单纯得让人不放心。和那翻脸不认人的世界比，她是一片净土，我得保护她，国家还有自然保护区呢，我不能让环境污染我老婆。

我举杯祝酒，谈笑风生，把气氛调节到最佳热点，她开心极了，她是个极容易满足的女人。

上床后，我把一切都告诉了她。我想她会沮丧和叹惜，没有。那天晚上她分外热情。事后，她偎在我的怀里，抚摸着她那滚热的身体，我才领悟到一个男人有一个好老婆是怎么一回事。

四

早上醒来，听见厨房的水龙头正哗哗淌水，就知道我老婆又在冲她那清爽喷香的玉脚，也知道她要上班了。

"喂，不是有人让你推销木材吗？前几天有个同学找过我，当时我没当回事,今天我去问问。天下路子多得很,说不定我们还会发财呢!"

老婆穿着拖鞋,吧嗒吧嗒地走进卧室,坐在床边上用毛巾擦她那湿漉漉的脚。

"算了,还没到你赚钱养活我的时候。"

我起床穿衣,忽然觉得很累,饭也不想吃,事也不想干,老婆上班后,我便胡乱翻书,乱播电视,然后又躺下睡觉。

中午老婆回来了,兴高采烈,进门就喊:"亲爱的,大功告成,木材的事我同双方联系好了,交易额不会太小,回扣也不会少。晚上庆祝一下,去华梅餐厅吃俄罗斯大菜,我请客。"

我百无聊赖,但还是从床上起来了,想不起谁说过的一句话,女人办事的成功率往往在男人之上。

吃了午饭,我洗碗,好让老婆从容地去洗脚,然后勾手指定晚饭时间不见不散,最后吻别。

晚上,我准时来到餐厅,找了一张靠角落的餐桌坐下来,一边点菜,一边恭候老婆光临。

这时,有人拍我的肩膀,回头一看,是公司的小毕,这家伙平日是我的对头,前两年我走红的时候,他忌恨得要死,现在该他幸灾乐祸了。

"听说你被开除了。"他递过一支烟,并拉过一把椅子,坐下来。

"经理在职工大会上,说你贪污公款、行贿受贿,还有,你小子好风流,连香港小姐都玩了,公司要除你的名了。"

"真的？"我有点气粗，望着小毕，我怕他唯恐天下不乱。

"这还有假？说实在的，哥们你捞得还少，残渣剩饭而已，那帮家伙才肥了呢。上边要来整顿公司，他们把你踢出去，当替罪羊。"

我曾怀疑这小子出卖过我，如今也摸不清他的意图，我直呆呆地望着他，无法做出反应。

"唉，信不信由你，我可是为你着想，你可别傻帽。"他站起来，回到他的餐桌上，那里有一伙哥们等他。

我老婆来了，兴致勃勃地告诉我，下午她又同买卖双方通了电话，这笔生意算敲定了。

喝着白兰地，吃着热腾腾的罐羊肉，她的脸色更加红润光泽，我心里却盘算着如何对付公司的背信弃义，脸色不太好。

五

说实在的，我本想就此拉倒，如今活路多得很，想发财也不难，关于做生意，我已经从朦胧中解脱出来。那天晚上，我和老婆躺在床上，商定了大政方针，如今服装花样翻新，像万花筒似的，让人眼花缭乱，把男人和女人都勾引坏了，什么都敢往身上穿，这是个赚大钱的买卖。我向她描述了诸如盖小楼买汽车之类的光辉前景，她激动地拿出了存折、金戒指、项链等首饰作为投资。我便膨胀得忘乎所以。

冷静下来想，发财归发财，我不能像块抹布似的，让人家擦来抹去，没用了就扔进垃圾站，跻身于烂菜叶和卫生纸之间。

我找到经理,对他说:"我不想离开公司,我还想借这个宝地发财呢。"

经理盯住我的脸看了半天,我知道他的大脑在飞转,反射信号迅速在他的大脑皮层排列组合:"不行,你不离开,意味着要承担法律责任。"

他在威胁我,我这个人天生吃软不吃硬。

"也许我会先起诉的。"

回到家里,我哼着歌,动手做晚饭,男人不能塌台,得有处变不惊的气度。

饭菜上桌,我斟了两杯啤酒,递给老婆一杯,说:"请,夫人。"

现在时兴开放搞活,咱得引进点外国文明,要学会尊重妇女。

我喝干了杯中酒,心里却在大喊,我已经倒霉透啦!老婆被酒呛得溢出眼泪,还在那里傻笑,但看得出来,她心里也在掩盖着什么,她不是那种会说谎的女人,她的功夫不到家。

饭后坐下来看电视,我想找些轻松的节目,这日子过得太累。可节目太让人扫兴,一个台有两个女人抱在一起啼哭,哭得让人心烦,悲剧不悲就会变成闹剧;换台是一个男人一脸严肃地教训另一个男人,也没劲;再换台正做广告,那解说词让人倒背如流,好商品买不着,破烂货瞎吹也没用。我老婆开始心不在焉,一个劲打哈欠,我忙到厨房打来洗脚水。

她嫣然一笑,开始洗脚,尽管我们结婚多年,每当看到她的笑脸，还会怦然心动。我知道，她藏在肚子里的话要憋不住了。

"亲爱的，我们上当了。"她终于开口。

"什么事？"

"那笔木材生意，本来说好了，谁知道他们接上头，把我甩了。"

天哪，我的净土。我告诉她，这不算什么，钱本来就是无情的东西，千万别认真。

她说，她悲哀的不是没赚到钱，而是受到戏弄，人情太恶。

"这年头为了钱，亲兄弟都打杠子，何况是陌路人。"我开导她。

她那双白得连血管都清晰可见的脚，浸在清水盆里，平静的水面被吧嗒吧嗒的泪珠打破。让人想起雨打芙蓉塘的佳境。她抬起头来，用一双泪眼望着我说："算了，今后我们靠两只手吃饭，再也别想什么做生意了，真让人受不了。"

"那我们干什么呢？"

"你还是回你的仓库当保管员去吧，我希望天下太平。"

"没那么容易，我被公司除名了。"

我得启发她的想象力，在她的人生词典里，对善与恶的解释还停留在童话世界里，我得告诉她，不是所有的小白兔都会战胜大灰狼的。

"真的？"她睁大眼睛，泪水又涌了出来，"那我们怎么办？"

我说："兔子要想不被大灰狼吃掉，要比大灰狼强大才行。"

"那不可能。"

"放心吧，亲爱的，小楼会有的，汽车会有的，兔子有兔子的活法。"

夜里，我做了一个梦，梦见自己头上长了两只长耳朵，我成了兔子王国的头儿，兔子和灰狼划了泾渭分明的国界线，灰狼只能在线外打转儿，我很惬意。遗憾的是我老婆的两只脚也长了兔子一样的长毛，我担心她将来洗脚未免太麻烦了。

江边小楼

一

刘天棋和闻英站在小楼前,有点不知所措。

这是一座临江的欧式建筑,红色屋顶,黄色墙壁,宽大的门窗,漂亮的阳台。刘天棋和闻英小心翼翼地打开门,进了前厅。他们开始一个房间一个房间地探视着,像是参观一个陌生的博物馆,充满了好奇。落地式玻璃窗,光亮的地板,华贵的水晶吊灯,还有按着房间的规格设计的家具,都让他们瞠目结舌。他们来到二楼阳台上,从这里可以俯视滔滔的松花江水,眺望对岸绿树掩映的房屋。

他们长时间地凝视着这一切,沉浸在这飞来的幸福中。

闻英说:"这不是做梦吧?"

刘天棋说:"这是我的朋友的房子,他出国了,把房子借给我们住,从现在起,这房子就归我们支配了。"

"这好像是飞来的天堂,心里有点……不踏实。"

"放心吧，我们起码可以住上三到五年，这中间他是不会回来住的。"

一想到将以主人的身份出入这座小楼，他们便心花怒放。他们又开始一个房间一个房间地巡视，摸摸这，看看那，兴致勃勃。

闻英说："卧室里应该摆上梳妆台，一个好的梳妆台能使女人年轻十岁，这你不反对吧！"

刘天棋说："当然不反对。"

"这儿应该有一组书柜，客厅里摆上书柜能证明主人的身份和修养。"

"可以。"

"还有，墙上挂这种羊头让人看了不舒服，我喜欢挂风景画，一幅好的油画风景让人心旷神怡。"

"先别急于设计你的房间，我们先考虑怎么接管这座小楼吧。"

这一夜，他们就是在小楼里度过的，躺在陌生而宽大的床上，闻英说："天哪，怎么像是躺在辽阔的大草原上。"

刘天棋说："是吗？那我们应该在这儿办一个牧场，繁殖我们的羊群了。"

俩人都开心地笑起来，闻英说："走出我们那间小屋，才知道天地之大。"

刘天棋说："别急，将来我们会有自己的小楼的。"

这一夜，他们身心都进入了天堂，这是他们新婚之夜都没有体会到的。

二

第二天早上，俩人躺在床上没有动，都在细细品咂这飞来天堂的真实感受，直到确认这一切属于他们，受他们支配时，脸上都流露出含意丰富的微笑。

闻英跳下床去，跑到阳台上看大江，江水在晨曦中涌动，拍打着江岸，尚未喧闹起来的江面漂泊着几只小船，显得宁静而空灵。闻英深深吸了几口含着水汽的新鲜空气，冲着屋里大喊："喂，快出来啊，早晨的松花江太美了！"

刘天棋躺在床上发呆，闻英跑进来拉他起床，并说："别躺在床上糟蹋大好时光了，早点吃饭，陪我上街看家具去。"

"什么家具？"

"昨天不是说好了吗？这么快就健忘了。"

"你不想想，你那些家具往哪摆？移动人家的家具将来不好交代。"

"可是我们总得有自己的东西，有自己的家居空间。"

"算啦算啦，以后再说吧。"

"你这个朋友太小气了，我们不是成了更夫了吗？"

"别那么刻薄……"

闻英泄气地躺倒在床上，但她没有更多的抱怨，和得到的比，这些麻烦毕竟是微不足道的。吃过早饭，当他们冷静下来重新审视房间的时候，传来了门铃声。

刘天棋和闻英一起去开门，进来的是一位西服革履胖胖的中年人，脸上堆着和和气气的笑容。他先递上一张名片，自我介绍说是某公司开发部经理,他说:"终于见到你们了,我来过多次,都吃了闭门羹,这儿戒备森严哪!"

刘天棋看清名片上的头衔,便称呼:"林经理……"

"林章,森林的林,文章的章,我是为这座江边的房子来的。"林经理放下皮包,掏出手帕擦着汗,边四下打量着房间,然后像视察一样,逐个房间看起来,一边察看,一边啧啧称赞,"好,这房子果然不错,黄金地段,可以当写字楼,也可以办娱乐场所,是开发经营的好地方。"

刘天棋和闻英懵懵懂懂地跟在后边,不知道这位林经理受谁委托,要干什么。回到前厅,三个人坐下来,林经理拿出一张合同纸,说:"听说你们要出国,这座小楼将空闲起来,我就一直在寻找你们,我来过多次,连街道负责治安的老太太都认识我了。今天算是有了缘分,希望我们有一次合作的机会。"

刘天棋想解释一下,被林经理制止,林经理说:"你先听我的,看看我们的条件,我要办一个松花江旅游开发公司,想租用这座临江的小楼,年租金19万元,先租用三年,细则都在合同上写着呢,有不同意见我们可以商量。不同意租房的话,也可以合作经营。"

刘天棋和闻英只有咂舌的份了。

林经理是个爽快人,希望快刀斩乱麻,补充说:"如果没有不同意见,签字后可以先付5万元租金,我想你们在国外也需要钱吧!"

刘天棋只好告诉林经理,他们不是小楼的主人,没有权利同他商谈这种问题。

林经理大感意外,说:"是这样,是这样,我怎么和小楼的主人取得联系呢?"

刘天棋说:"我会把你们的想法告诉小楼的主人的。"

三

送走林经理,小楼里沉静下来。刘天棋和闻英默默坐着,一时不知道说什么好。

还是闻英打破了沉默,闻英问:"需要打个越洋电话吗?"

刘天棋说:"当然。"

"为什么?"

"这是一笔生意,是一笔很大的收入。"

"那我们呢?"

"你说我们应该怎么办?"

"我累了。"闻英站起来,脸色苍白,疲惫不堪地回到卧室,在那张宽大的床上躺下来。

刘天棋跟了进来,他坐在床头,摸着闻英的额头问:"你病了?"

闻英不语,侧过身子躺着。

"你看你,我不过觉得住人家的房子,我们有责任和义务罢了。"

"一想到我们得重新回到那间8平方米的小屋里,我心里就难过。一个从天堂走出来的人,才会感到处处受委屈,一个动了凡心的人，再修行也难了。"

"让我们再好好想一想。"刘天棋点燃一支烟，离开床坐到光亮的地板上，开始大口大口地吸着烟。

俩人长时间地沉默着。

这时突然响起门铃声，沉默中这铃声十分刺耳，俩人都吃了一惊，神色紧张起来。刘天棋示意闻英躺下来休息，刘天棋说："我去，让我去开门。"

刘天棋慌慌张张地下楼开门，进来的是两个佩戴着治安袖标的老太太，一个胖些，慈眉善目的；一个瘦些，看着挺严厉。

她们自我介绍说，她们是街道治安员，负责这一带居民区的安全，每天都出来巡逻，这座小楼长期没人居住，又是独门独院，非常让人担心。那位胖些的老大妈说："现在坏人像是泥鳅鱼似的，有空就钻，专找那些家里没人住的住户下手，心黑着呢，啥值钱拿啥。"

瘦些的大妈说："我们一直盼着你们快点搬进来，要不我们这责任太大了，天天担着心。前几天有个挟着皮包的胖子，老在你们家门前转，我们问他，他说他是什么公司的经理，嫌我们管闲事，还和我们发脾气。我们才不在乎呢，现在坏人装好装得可像了，他脸上又没贴标签，谁知道他是老几？"

刘天棋解释说："确实有一位胖胖的经理来过，他是为他们公司来租房子的。"

"你们的房子要出租啊！"胖些的大妈说，"这房子地点好，靠着江边，又宽敞，又漂亮，楼上楼下，电灯电话。难怪有人惦记着租用呢。你们家几口人？其实你们小两口住着也真有点空空荡荡，租出去换点钱花也是个办法。"

瘦些的大妈说："可别乱租房子，现在办公司做买卖的人可多了，两人也开公司，一个人也当经理，有多少靠得住的？有的把房子租出去，就成了人家的啦，要都要不回来。可别为几个钱上当受骗。"

胖些的大妈说："这么大的一幢房子就你们小两口住，也真难为你们了，白天上班去连个看家的都没有，晚上回来连个说闲话的邻居都没有，人过日子不就是图个热闹吗？"

刘天棋想说我才不租房子呢，或者说我才不图热闹呢，但终于没有说。他突然觉得对这座小楼，他成了最没有发言权的人了。

瘦些的大妈起身打开另外两间房的门，伸头向里边看了看，说："你们要是非想招个外人进来，倒不如我给你们出个主意，把街道居委会的治安值班室设在这里，也占不了多少地方。这前厅摆张桌子，门外挂个牌子，白天大妈们出来进去的给你们看家护院，晚上门外那块牌子就是守护神。可别小看那块牌子，挂在门口像门神似的，任凭大鬼小鬼恶鬼邪鬼都不敢进来。不过居委会没有那么多钱，很多工作都是义务的，将来请示领导，像治安管理费啦，卫生费啦，能免就免啦，算是补贴吧！"

胖些的大妈有些疑惑，忙打断同伴的话问："这样合适吗？"

瘦些的大妈说："咱们就是提个建议，居委会虽小，但也是代表政府工作的，有信誉，可靠。总比那些什么公司强吧！"

刘天棋终于把憋在肚子里的话说了出来说："要是能租的

话，一定要优先居委会的，只是我们是借住人家的房子，做不了主的。"

胖些的大妈听了忙不迭地说："没关系没关系，也只是说说，这孤房大屋的，以后多注意安全就是了。"

瘦些的大妈有点怀疑刘天棋的真诚，便说："你们要真是借房住，那就到派出所登个记，办个临时居住证，在管理上也方便。"

送走了两个大妈，刘天棋回到前厅，见闻英站在楼梯口上冲他发笑，刘天棋也笑了，说："你都听见了？"

"听见了，看来我们也应该办一个公司了。"

"办什么公司？"

"保安公司，把附近居民区的治安工作都承包下来，把司令部设在楼上。"

四

晚上，刘天棋和闻英躺在宽大的床上，都没有睡意。闻英说："我怎么觉得好像躺在一条空空荡荡的船上，摇摇晃晃地漂泊在大海上，一旦遇上风暴，就会孤立无援。"

"在海上行驶的船都是孤立的。"

"这条船可不一样，没有舵，没有桨，也没有要停靠的港湾，我们手里连张船票都没有。"

"你太累了，休息好了就信心十足了。"

"我不累，我给你讲一个童话故事。"闻英见刘天棋忧郁，便想逗他发笑，"在一个美丽的江边，有一幢美丽的房子，有一对美丽的小傻瓜，正在做着一个美丽的梦。"

"快睡吧，我对这种童话一点兴趣都没有。"

闻英静下来，躺了一会儿，见刘天棋辗转反侧，便抬起头来，伏在他的肩头说："算了吧，别生气了，你去打那个越洋电话吧，我们不能总这样折磨自己。"

刘天棋望着闻英，见她一副认真的样子，便爬起来去打电话。

电话挂通了，对方不在家，是录音电话的声音。刘天棋想了想，便对着电话说："请回国内住宅电话，十万火急，刘天棋。"

闻英躺在被窝里，懒洋洋地说："你应该恭喜发财，英语怎么说来着……"

刘天棋笑了，他回到床上，要钻闻英的被窝，闻英挡住他说："今天我太累了，对这事一点兴趣也没有。"

五

吃罢早饭，刘天棋提议去逛街，买点生活必需品。闻英说算了，还不知道会怎么样呢，我哪儿也不去，我得留下来守电话，你不当真我还当真呢。

闻英便留下来。其实闻英留下来的真正意图是想独自领略一下这小楼的幽静和温馨。这几天乱糟糟的，心绪坏透了，她想一个人安安静静地当一回小楼的主人。

闻英开始像主人一样巡视各个房间，在客厅里她从不同角度去审视陈设的位置和不同效果。在卫生间她打开水龙头，像孩子一样用手掌接着，看着水从指缝间流下去，然后用湿漉漉的手拍拍脸，很惬意的样子。最后站在阳台上，江水浩荡，游船在两岸间往返行驶，松花江呈现出繁华热闹景象。闻英的心情又变得愉快起来。

这时，又响起了门铃声。

闻英以为刘天棋回来了，便飞快地跑下楼去开门，进来的是一个二十来岁的小伙子，高个子、牛仔裤、T恤衫。他上下打量着闻英，问："你就是刘天棋的太太闻英吧。"

闻英点点头，她有点慌乱，她想象不出来人和她有什么关系。

"我叫黄纲，是这座小楼主人的弟弟，来看看房子。"黄纲也不客气，说完便自己在楼里走动起来。他打开每一扇门，像清点物资似地查看着每一件家具和陈设。这使闻英很反感，但闻英又不得不跟在后边陪着。

黄纲说："这房子不错吧，按眼下中国人的生活水平，能住上这房子的人不多，对吧！"

闻英说："我有同感。"

"我哥哥这个人讲义气，够朋友，知道你们住房困难，把这么好的房子借给你们住分文不取，对吧！"

闻英觉得这话挺刺耳，便不做回答。

回到前厅，闻英也不让座，一副要送客的样子，黄纲便自己坐下来，掏出烟盒，拿出一支烟点上，然后说："我哥哥这个人讲义气，为朋友两肋插刀，可让我们气愤的是他从不管家里人的闲事,他不知道我要结婚了。"

闻英望着黄纲那愤怒的表情,明白他的来意了。

"咱们实话实说,我想这房子应该由我来居住的。"

"那没关系,如果你需要,我们让出来就是了,不过我想应该先听听你哥哥的意见。"

"那当然,不过我哥哥这个人顽固得很,他要是坚持己见,我要对簿公堂的。这毕竟是黄家的财产。"

"据我所知,这不是你父亲留下的遗产。"

……

送走了黄纲,闻英心绪坏透了,懒散得什么也不想干了,等到刘天棋回来时,闻英正躺在大床上发呆。

刘天棋满面春风,兴高采烈地抱回一大堆吃的东西,还有一束鲜花。他找来花瓶,把鲜花插进花瓶里,放在床头,对闻英说:"亲爱的,别愁眉苦脸的,咱们也浪漫一把,让生活有点情调。"

闻英不看也不理,自管躺在床上怄气。

刘天棋坐下来,用手指点着闻英紧闭的嘴唇问:"又怎么啦?"

闻英说:"亏你还高兴得起来。"

闻英便把黄纲来过的事告诉了刘天棋,说:"自从进了小楼,就没有一刻的安宁,再住下去我要得精神病啦。我们搬走算了。"

刘天棋挺身躺下来,摇着手里的小楼钥匙说:"我们走得了吗?"

闻英说:"走不了咋办?我发了神经病你负责?"

刘天棋想了想说:"我有办法。"便爬起来,抱起买回来的食品下楼去了。过了一会儿,便听见刘天棋在楼下喊闻英。

闻英极不情愿地起床下楼,在小饭厅里,她愣住了。餐桌上摆满了菜肴,都是刘天棋刚才买回来的,刀功好,菜盘拼得非常漂亮,还点了一支红蜡烛。刘天棋斟满了两杯啤酒,端坐着等着她。

刘天棋举起酒杯说:"现在我们俩是小楼的主人,时间和空间都属于我们,我们应该为这独有的宁静和安详干杯。"

闻英被刘天棋的用心所感动,凝视着一脸庄重的刘天棋,眼睛里渐渐地噙上泪水。闻英举起酒杯,两只玻璃杯轻轻碰到一起。

这时候,电话铃响了。

六

刘天棋几乎是跑到电话机前,他抓起电话立刻就听出是粗门大嗓的林经理的声音。不是期待的大洋彼岸的声音,刘天棋很失望,但还是耐心地听下去了。林经理在电话里说,关于租房子的事,他倒有一个新主意,他说:"我们之间可以做一笔生意嘛,既然房子现在由你们住,我们可以在租金内考虑中间人的利益。另外可以在市区为你们租一套公寓,租金由公司支付。怎么样?这很公道啦!"

刘天棋无语。

话筒里传出林经理急促的声音:"年轻人,人生机遇不多,机不可失,时不再来呀!"

刘天棋拿着话筒,真的不知道应该说什么好,想了一会儿,还是默默地放下电话。

放下电话的刘天棋抬起头,见闻英已跟过来,正倚在门旁,无言地望着他。

七

晚上,刘天棋和闻英躺在宽大的床上,靠着床背,各自拿着一本书看,中间隔着宽宽的空隙。

刘天棋一边看书,一边不时地瞧一眼摆在床头柜上的电话机。

闻英被他搅得也心猿意马,放下书问:"你眼巴巴地瞅着电话机,累不累呀。"

刘天棋笑笑,翻开一页书,没读上一行,又扭过头去看电话机,期待着它立刻响起来。

闻英觉得太闹心,索性合上书钻进被窝里。闻英说:"你这种等待,有点太无聊,太俗气了吧。"

刘天棋说:"我已经打过三次电话,我想他应该回电话了。你要是不耐烦就先睡吧,我又没让你陪着。"

闻英说:"这气氛像是消防队的值班室,谁睡得着啊!"

刘天棋爬起来,把被子铺到地板上,又把电话机移到枕边,躺下来说:"这样行了吧?"

闻英转过身去,背对着刘天棋,不再理他。刘天棋拿起他的书，胡乱地翻着，不时地用眼睛瞄着电话机。

还是闻英按捺不住，回过身抬起头，用手支着下巴对刘天棋说："喂，你说你的那位朋友会是什么态度？"

刘天棋心不在焉："什么什么态度？"

闻英恼了："你说什么什么态度。"

"哦，脑袋长在他的脖子上，谁知道他怎么想。"

"你这个人，这不是成心抬杠吗？跟我怄什么气呢。我又没让你搬家。"

闻英又回过身去，不再理刘天棋。刘天棋放下书眨着眼睛望天棚，突然问："喂，你说你期望哪种结果？"

"我？"

"你。"

"和我有什么关系？无论哪种结果对我都无所谓。"

"你生气了。"

"我没生气。"

"你真的生气了。"

"我真的没有生气。"

"我们住进这么好的房子，你还不满意，还生气。"

"这房子多好啊，楼上楼下，电灯电话，遗憾的是空气有点稀薄，像珠穆朗玛峰似的，缺氧，喘不过气来。"

"你太刻薄。"

刘天棋不想和闻英吵架，便爬起来想到阳台上去，刚走到门口，电话铃响起来，俩人都瞧着电话机发愣，最后还是刘天棋抓起电话。

电话是黄纲打来的,黄纲在电话里说:"刘大哥你不认识我了吗?你在我家见过我,那时你们都把我当成小孩子。现在长大了,要娶媳妇了。"

刘天棋说:"我听说了,祝贺你,黄纲。我一直在等你哥哥的电话,我希望尽快听到他的意见。"

"别提我哥哥了,人一阔脸就变,他现在发了财,人难求,事难办了,亲哥们都不如你这外姓朋友了。"

"你不要误会……"

"要是同他商量,事情就复杂多了,大哥你是明白人,你知道应该怎么办……"

"……"

放下电话,刘天棋一脸惆怅。

八

早上。

因为一夜没有睡好,刘天棋脸色憔悴地躺在地板的铺位上,不愿意起身,他身边放着那部电话机。

闻英已经吃过饭,并穿戴打扮好,上楼取了坤包,说:"早饭留在餐桌上,你自己吃吧,我得上班去了。"

刘天棋忙坐起来指着电话机说:"白天该你值班了。"

"我的假期满了。再说我也受不了这一惊一乍的,还是你在家吧。"闻英说完,背起坤包就走,刘天棋跳起来追到楼梯口:

"喂，你等等。"

听到楼门砰的一声，刘天棋只好退回卧室，沮丧地坐在铺位上，他想穿衣服，一眼看到身边的电话机，忙站起来把它移到床头柜上。

刘天棋站在那边望着电话机发呆，想了想，决定离开卧室，他几乎是跑步下楼。无论是在盥洗间，还是在餐桌上，刘天棋都有点心不在焉，他的耳朵仍然留在卧室里，随时捕捉那里细小的动静。刘天棋悲哀地想，他被这又盼又怕的电话铃声折磨得快要承受不了啦。整个上午，刘天棋心绪烦乱，他打开电视，没有什么称心的节目，拿起书翻了两页，也读不进去，最后他决定逃离这个空间，到松花江上游泳去。

闻英一大早来到单位，同事们都热情地围了上来，七嘴八舌地问着：

"闻英你真有福气，住进了小洋楼，提前进入小康，把我们都远远地甩在后边啦？"

"你们小两口真有本事，一下子进了天堂，什么时候请客，让我们也分享一点幸福，领略一下二十一世纪风光，别关上门自家受用啊！"

闻英矜持地笑着，点头应允着，开始整理自己的办公桌。一个小姐妹凑过来说："闻姐，你好像有点不高兴？"

"别多操心，这几天没有什么事吧？"

"你的房间是怎么布置的？是欧式的，还是香港式的，还是台湾式的？"

闻英笑着用手指指着她的鼻尖，这时突然响起了电话铃声，闻英一激灵，脸色骤变，几乎跌坐在椅子上。

那个小姐妹也大吃一惊，忙问："闻姐，你怎么了？脸色这么难看，是不是病了？"

有人过去接电话，闻英吁着气说："没什么，这几天累了，身体有点不舒服，过一会儿就好了。"

傍晚，闻英下班回家，在小楼门口和无精打采的刘天棋不期而遇，俩人谁也没有说话。刘天棋默默地打开房门，让闻英先进，他随后也跟了进去。

九

晚饭后，闻英靠在床上织毛衣，刘天棋上楼来说："我们去江边散步去吧，这时候江边很美。"

闻英说："都去散步，谁接电话？"

"别管它。"

"说得轻松，再拖下去，我们俩都会垮的。"

刘天棋无可奈何地坐下来，望着床头柜上的电话机出神，突然他跳起来，跑到电话机前按动键子。

闻英放下织着的毛衣问："怎么啦？"刘天棋也不讲话，只管按动电键，电话机的录音磁带发出声音："天棋，三次电话内容都知道了，因为太忙无法回国处理那些问题，有一点是不会改变的，房子仍由你们居住，不要理睬那些干扰。问夫人好。"

刘天棋和闻英毫无思想准备，又重放了一遍录音，内容无误。俩人长久地坐在那里，不知如何做出反应……

夜里，刘天棋和闻英站在阳台上，欣赏着松花江的夜景，岸边城市灯火辉煌，映得在暗夜中涌动的江水波光粼粼，松花江显得深邃而美丽。

闻英："长街银河灯如市，你能猜出哪一个窗口是我们家吗？"

刘天棋："我们都是肉眼凡胎，看不了那么远的……你想家了？"

"那是个平静安详只属于我们俩人的天地。"

"可是那间小屋比人家这张床大不了多少。"

"我讨厌那张大床，像大草原似的，睡在上边空旷得让人害怕。"

刘天棋望着闻英笑了，闻英也投来热切的目光，俩人开始拥抱……

回到卧室，俩人把被褥都铺在地板上，他们惬意地躺下，互相望去，露出会心的微笑。

第二天早上，刘天棋和闻英拎着皮箱，双双离开小楼，他们沿着松花江边走着。回头望去，那江边的小楼在晨曦中格外清秀漂亮。

武生

金鸡店三月初八的庙会，是方圆几十里四乡八镇的大事。每逢开市，赶庙会的人闻风而动，络绎不绝。庙市上聚着人气，推车的，挑担的，卖油的，扯布的，做糖人的，卖吃食的，搭棚变戏法的，抽签算卦的，打把式卖艺的，应有尽有，令人眼花缭乱。老人孩子，姑娘媳妇，都会趁着庙会热闹三天，就是平日里最本分的庄户人，也会放下手里的农事，破例到庙会上转转，给妞儿买上朵纸花，给小子买个彩纸扎的风轮，再悠悠地晃到戏台下听上两句梆子。

庙会上最引人的是两台梆子戏，一个是周家班，一个是季家班，两个戏班子逢庙会必聚，都会拿出最好的行头、剧本。周家班的班主叫周坤，是唱旦角的。乡下的戏班坤角不多，这周坤能把舞台上的女子演活，上得台去，二目传神，水袖扬风，身段做派，一招一式，极有板眼。他尤其长于唱功，嗓子好，气力足，一出《武家坡》唱下来，金鸡店的老少戏迷们，一张嘴都能哼出王宝钏的"十八年寒苦为等夫君"。季家班的班主是个武生,大名季慕云,人称"季二郎",唱、念、做、打俱佳,武功又好,远近闻名。他最拿手的是"武松戏",一身硬功夫,一股英雄气,他演《狮子楼》,杀了西门庆后,能从丈余高的牌楼上倒翻下来,稳稳站住,每到这时,就剩满场的喝彩叫好声了。庙会上,听文戏的捧周家班,看武戏的捧季家班,或者今天看《武家坡》,明天看《狮子楼》,虽然归不到"斗台戏",也算是争鸣了。

俗话说同行是冤家,但周坤和季慕云却是朋友,又是拜把子兄弟,但这还只是两个剧团凑到一起的原因之一。季慕云有个师妹叫申小云,是唱旦角的。师兄和周坤来往,申小云和周班主也兄妹相称。两人虽不同台演出,但唱的戏文都是公子遇难、小妻相帮,才子有情、佳人有意的故事,谈能谈得来,说又说得拢,相互切磋,彼此指点,一来二去,两人心里都有了份情意。

唱戏吃的是张口饭,每到一个码头都要拜天神地神。天神者,除供财神外,还要拜菩萨、敬土地公之类,逢庙烧香,见佛磕头就是了。地神者,这就难了,地方上的官吏、乡绅、名流,还有地面上的无赖、泼皮,谁也招惹不起。若是稍有不慎,少了周到,小者有麻烦,大者就会酿成灾祸。再说那戏班子里的女戏子,大都要长相有长相,要扮相有扮相,演的又是情男情女的戏文,容易撩人春潮。不免有些轻狂之徒,要寻机滋事生非。一般的女戏子,要么找个有势力的靠山,认干亲、拜干爹,以求有个庇护。要么趁着机缘早早嫁了人,免得招惹是非。申小云生性耿直,不愿趋炎附势。她也想嫁人,但周坤也只是个地位低下的江湖艺人，自身不保，哪还有能力庇荫于她。

金鸡店一带，有位新近解甲的奉系旅长。他原本也只是粗俗武夫，但因为救过曹锟，官儿就渐渐做大了。直奉大战直系退败，他为了躲避乱局，暂时返乡隐居。虽说他是个归田的将军，但威风却不减当年，出门依旧是佩挂齐整的一身戎装，身后跟着勤务卫士。家里更是门庭若市，车水马龙，不时有达官显贵造访。据说此公有三大喜好：骑马、打枪、听戏。还有就是，他家里虽然已经太太、姨太太快有一个排了，仍不厌女色。他到庙会上听戏，一眼就相中了申小云。旅长无意再收一房姨太太，他只想让申小云这个黄花闺女，为他解解官场上的晦气。

信儿传到了季慕云那里。这位铮铮武生，七尺男儿，在舞台上演绎过多少英雄豪杰杀富济贫、锄恶扶正的戏，一身胆气，怎么也咽不下这口气。但季慕云知道，这毕竟不是戏台之上，他尽管五脏如焚，也只能怒而不发。那天，周坤正好在季家班闲坐，倒是这位常演文弱女子的旦角怒发冲冠，拍案而起了，他对来送信的勤务兵说："亏你家旅长还是行伍出身，欺负一个弱小女子，算什么好汉！告诉你家旅长，我们虽是江湖艺人，下九流之辈，但也讲伦理、识大义，有我周坤在，谁也别想碰我师妹一个指头！"

勤务兵把话原原本本带了回去，旅长的火气比周坤大得多，他拿起茶杯摔茶杯，还一脚踢翻了太师椅，他指着勤务兵的鼻子说："去把姓周的和那小娘儿们给我抓来，我倒要让那个姓周的看着……"

说话间，戏班都为庙会上的最后一场戏忙碌着。季慕云吩咐戏班按时开锣，先演折子戏，然后他带着申小云来到周家班。周坤正在上妆，准备扮戏。季慕云把他拉到一边，低声急切地说：

"事情闹大，已经不能迟疑了。申师父过世时曾嘱托我为师妹的终身大事做主，你和师妹的事我都看在眼里，因为忙于糊口，一直没给你们办事。今天情势所迫，你们二人对着祖师位磕个头，就算完婚，然后你们就远走高飞，离开这是非之地。"

"那你呢？"周坤又喜又忧。

"我来替你扮戏。"

"你演旦角？"

"学艺贵在博采专精，演了这么多年戏，串个角儿还是行的。"

"师哥，你何必引火烧身。"申小云也意识到事态严重，不让季慕云上妆。

"师妹，周家班这台戏一定要唱，要不你们出不了金鸡店。"

"这太危险了，我不能让你为了我们去担着风险，再说，还有季家班。"周坤也上前制止。

季慕云回过身来，望了他们一眼，轻轻地把他们的手推开，沉吟了片刻才开口："我是个戏子，是靠演戏吃饭的。从十岁跟申师父学艺起，大小舞台，各种角色，我都演过，可从来没有像今天这样要演一出真正的大戏。过去只是在舞台上除暴安良，伸张正义，今天是要在大舞台上做戏做人。如此痛快壮举，我能不演吗？"

"师哥……"申小云双膝跪下，"你待我恩重如山，我永世难忘，你……你一定要多多保重。"

季慕云宽厚地笑了，说："你们不必担心，我自有办法对付。只是你们离开时不要走官道，官道人多眼杂，容易走漏风声。离开此地后，你们不要回头，走得越远越好。"

周坤和申小云双双跪拜恩兄，恋恋不舍地离开，奔向另一个天地了。

在武生季慕云的心里，始终藏着一件事。季慕云原名季顺六，十岁时跟着江湖艺人申祥云学艺。那时候，跑码头，摆地摊，变戏法，耍杂技，为了糊口什么营生都做过。后来几个江湖艺人凑在一起，成立了申家班，开始唱起野台子戏。申祥云年纪大了，经不住颠沛流离，贫病交加，客死山东德州，临终前他托付给了季慕云几件事：一是要季慕云接替自己当班主，把半道聚在一起的子弟们带下去；二是要精研技艺，发扬光大梆子戏；三是拜托照料当时只有十二岁的申小云，日后替她找个可靠的人家，帮着完成她的终身大事。当时只有二十三岁的季顺六，为了纪念师父的恩德，取了艺名季慕云，挑起了梆子戏班的担子。他尽心尽力，几年时间，季家班无论戏码行头，技艺名气，都有了很大起色。季慕云的名字也开始走红，但他没有志得意满，却总是心事重重，他的心挂在申小云身上。

季慕云像亲哥哥一样照顾着申小云，看着她一天天长大，人品出脱，技艺长进，朝夕相处，萌发出一种说不出的情感。但他的这种情感，被那三条托孤遗嘱紧紧地箍在了心底。多年来，申小云一直把他当哥哥那样爱戴、敬重，帮他洗衣，为他做饭，练功为他送水，后台为他打扇。长期共同生活，他知道天真无邪的师妹，没有同他结合的意念。他又是个侠胆义肠之人，讲求做戏要有戏功，做人要有人德，虽然这事一直苦苦缠着他，对一个弱小女子，却不敢有非分之念。他看懂申小云喜欢周坤时，曾自暴自弃，喝酒耍钱，但季慕云毕竟是季慕云，事情过后，他又把一切压在心底，不动声色地成全了他们。直到那一对恋人走远了，后台角落里空落了下来，一股悲凉又袭上他的心头，季慕云才真正意识到，他心里挂着师妹是那么深，那么烈，而又那么无望。

正当他坐在那里出神时，有人来喊周坤上戏。季慕云站起来，穿好戏装，表情凝重起来。他踩着锣鼓的点子，挑帘出台，凭着多年积存的功底，更凭着赤心义胆，去演一个被恶霸欺凌的弱女子。那唱、那念、那做，虽不及周坤自然，但那怨、那愤、那诉，却也挥洒得淋漓尽致。一段戏下来，台下已经喝彩如潮。

这出戏并没有让季慕云演完。几个大兵去抓申小云扑了空，直奔这里找周坤来了。他们奔到后台，逼住季慕云，让他交出申小云。季慕云告诉他们，跑了和尚跑不了庙，一切等戏演完了再说。但大兵们没有这个心情，他们吵吵嚷嚷，要砸戏台子。季慕云说，人不能这样随便抓走，带他去见旅长，由他当面说清。

那天，周家班和季家班的人，苦苦等了一夜，也没见季慕云归来。天亮以后，人们四处寻找，才在荒郊野地里，抬回被打断了腿、奄奄一息的季慕云。

后来听说,季慕云被带到旅长家后,那位旅长以礼相待,要他交出申小云,答应资助季家班一笔钱。季慕云告诉他,季家班靠技艺吃饭,不靠色相谋生。那旅长冷笑一声,说:"好吧,那就成全你,看你怎么再用技艺谋生!"说着一声吆喝,拥上来几个大兵。季慕云虽然浑身武艺,也抗不住群狼。他被打翻按倒在地,专打两腿,直到打断为止。

一个武生断了双腿,成了残疾,群龙无首的季家班和周家班都解散了。金鸡店的庙会上,再也没了梆子腔,看不到武生戏了。

很多年以后,周坤和申小云带了一个梆子剧团,又来赶金鸡庙会了。他们逃难出去后,在朋友的帮助下,又开始了舞台生涯。后来陆续又收下了季家班和周家班的几个旧部,组成了"满台红"梆子剧团。这时,那位北军直系的旅长,随着直奉修好,带着妻妾到天津做寓公去了。

"满台红"回到金鸡店,周坤和申小云四处打听季慕云的下落。有人告诉他们,看见季慕云拖着残腿,在济南卖红伤药,艰难糊口。他们夫妻赶到济南,寻遍大街小巷,也没有人影。又有人告诉他们,看见季慕云在兖州街头盘坐守摊,靠变小戏法谋生,他们夫妻又赶到兖州。当地人告诉他们,是有这么个人,无冬无夏,蓬头垢面,整日坐在街头,不知是病死,还是饿死了,反正好久不见了。

啊,雪花

天,飘起了零星的雪花。雪花落到面颊上,凉凉的;落到马路上,被路灯照射,星星点点闪着晶莹的光,像无数的眸子在发问:你回来了?

"是啊,回来了。"这车站前的广场,这身边擦过的人流,这头顶上泻下来的柔和的灯光,这马路上穿梭的车子,这五光十色城市里的一切一切,都在提示他,他已经回到这个生他、养育他的城市了。

一别十几年了吧?他内心陡地涌起一股热浪,这热浪鼓动着心房,使他亢奋。那从B城来时的犹豫、思忖,由犹豫、思忖而产生的烦躁和不安,都化为乌有。他没有去坐公共汽车,慢慢踱着步,把自己糅进了光明与黑暗交映的街头。

冬日天短,时间尚早,这条素来热闹的大街,行人已经稀落下来。雪花在无声无息地飘落,像是给街道罩上了一层缥缈的纱幕。纱幕后边,那关了门的商店,开着门的饭店,那无论是开门还是关门,永远亮着灯光的橱窗,那橱窗前的憧憧人影,都像是在重温思乡的迷梦……"叔叔,请问往火车站怎么走?"一个操着外地口音的少年站到他面前,向他问路。在这迷梦般的时刻,他是那样愿意帮助别人,他指点着,直到那少年满意地点头离去。何明嘴角挂着微笑,又继续着自己的漫步。他走了几步,回过头来,又走了几步,又回过头来,凝望着那问路少年的背影,越发挑动起对往事的回忆……

也是降雪的冬天,也是通往车站的路上,他,也是和问路少年这般大小的年纪,离别了继母和弟弟,背着简单的行李,冒着飞舞的雪花,向车站走去。踏上通往B城的火车,开始了独立谋生的道路。没有送行,没有惜别,也没有眼泪,有的只是一颗孤苦的心和脚下发出的嘎吱的踏雪声。他暗暗发誓,永远也不回这座城市,永远也不回到继母的身旁了。可是,他回来了,在犹豫、彷徨,内心做了种种角斗后,回来了。接到到省城开交流会的通知,他就对妻子说:"我要顺便回家看看。"妻子睁大了询问的眼睛。"是的,看看家,看看分别了十几年的继母和弟弟。"他兴奋地搓着手,很满意自己的决定。可是,到了晚上,他躺到床上,那心灵深处的伤疤又隐隐作痛起来,时间是那样久远,触到的伤口还那样撕裂般疼痛。他辗转反侧,不能入眠了。

正为他收拾行装的妻子体谅地说:"要是心里难过,就不回家也罢。"

"不,我要回去看看……"

"那……你心里不痛吗?"

"怎么会不痛呢?"

"那为什么还……"

为什么？生活中的为什么太多了，并不是所有的为什么都有像1+1=2那样简单明确的答案。善良的人心里都燃着一种希望：美代替丑，善战胜恶。爱与恨的情感，随着时间的推进，总要发生变化的呀。

眼前的这条街不是也变了吗？两旁矗立起那么多高耸的楼房，楼上众多的窗口，透过雪花织成的纱幕，闪着各种色彩的光。人们喜欢把眼睛比作心灵的天窗，那么这些闪着灯光的窗口，不是也可以比作眼睛吗？眼睛有多种多样，有明亮的眼睛，有暗淡的眼睛，也有遮着严严密密的窗帘、隐隐约约的眼睛……继母现在是一双什么样的眼睛呢？他在襁褓里失去了生母，那颗稚弱的心还不曾领悟命运的安排，还在蹒跚学步时，继母来了。有一次，他在院子里玩，不小心被水沟绊倒了，委屈得哭起来。他和一切这般年龄的孩子一样，需要爱抚，需要安慰。他蹒跚着爬上楼梯，推开屋门，看到了继母。一种对母性依赖的本能，使他扑了上去，但他扑了空，重重摔倒在地板上。他止住了哭声，惊愕地抬起头来，他看到继母厌烦地避开了他："你这多余的……"

他不懂，为什么只有他是多余的，而别的孩子却是母亲掌上的明珠。啊，他瞥到的是一张粉白的脸，一双明亮而尖刻的眼睛，就是这一瞥，永远印刻在脑海里。人的记忆力是奇妙的，许多刚发生的事情很快就淡忘了，而留在记忆深处的东西，一闭上眼睛就会历历在目。

脚下的路已经走到尽头，他该拐弯了。忘掉那一切吧，他千里迢迢回来，不是来揭旧日的伤疤，而是来弥合伤口的。

前边是一座街心花园，再往前……再往前就是父亲工作的一家工厂了。一切都在唤起他那压抑不下去的回忆，一个小小的百十人的工厂，那曾是他多么熟悉的地方啊！

到了，这儿也变了样，那窄小破旧的大门不见了，换上了一个宽敞漂亮的门楼。门柱上雪亮的灯，照得马路上呈现出一片光晕，几个顽皮的男孩子，正在光亮处追逐着，嬉笑着，打冰球玩。

他站住了，仿佛看见一个瘦小的男孩子，穿着不合体的旧棉衣，大大的脑壳，细细的脖子，苍白的脸上挂着几块癣，前额布着细碎的纹路，痴痴地等在那里，向工厂的院子张望着，期待着……那就是他自己。父亲下班了，永远是那负疚的微笑，提着那一年四季不离手的帆布兜，用手轻轻地抚摸着他那突出的脑壳。然后牵起他那瘦小的手，走到街口，买两块糖，或一根冰棍。无论是糖果还是冰棍，他必须在到家以前吃掉。

厂房里还亮着灯，还有人上夜班？他多么希望父亲再从厂里走出来，用至今还能感觉到的温暖的大手，抚摸他一下啊！

"噗"的一声，一件什么东西重重地打在他的胳膊上，滚落到地下。他低头看去，原来是一个扁圆的冰球，被那一群孩子打飞过来，把他手中的旅行袋都震落到了地上。

那群兴高采烈的孩子们愣住了，当他们意识到闯了祸时，立刻哄笑着跑开了。其中一个七八岁大的男孩，跑在最后，慌忙中滑倒了，重重地摔了一跤，"哇"的一声哭了起来。

何明急忙跑过去，扶起孩子。另外几个孩子远远地站住了，往这边观望着，好像在等待着下文，还有几个孩子已经跑得无影无踪。

"你跑什么呀？小弟弟。"

"我害怕。"

"怕什么？"

"怕你打我。"他摊开双手说，"叔叔，我没有球拍，冰球不是我打到你身上的。"

是啊，孩子怕大人，弱者怕强者，这不是规律吗？可这些多么让人讨厌。

"不要怕……"

这时，跑掉的几个孩子回来了，簇拥着一个少妇。大概从家里出来得匆忙，她上身只穿一件紧身绒衣，肩上披了一条长围巾，迈着细碎的步子，小跑到男孩跟前，她把孩子搂在怀里，一边拍打着他身上的雪，一边转过那板得很紧的面孔，不满地瞪了何明一眼。

后来跟来的几个孩子，七嘴八舌地嚷着："是他把辉辉推倒了，就是他……"

何明心里一慌，口里嗫嚅着，不知怎样解释好。

"不，妈妈，是我自己摔倒的，叔叔把我扶了起来。"

谢天谢地，男孩子的一句话，立刻融化了这冰冷的气氛，就像一道阳光，照到那年轻母亲的脸上。她变得柔和了，抿起嘴角，笑了一下。

"对不起……"

"没什么。"

"孩子在外边玩，真叫人不放心，可是家里又关不住他。"

"应该让孩子出来跑一跑。"

围观的孩子们，一哄而散，又去追逐那小小的冰球去了，马路上立刻响起快活的叫喊声和球拍相撞发出的噼啪声。叫辉辉的男孩子，从母亲怀里挣出来，向小伙伴跑去。

"辉辉，回家吧，雪下大了。"

"不，妈妈，我再玩一会儿。"

"给你围巾。"年轻的母亲从肩上取下围巾，向孩子追去。

"我不冷，妈妈——"远处传来辉辉的喊声。那年轻的母亲还是追着把围巾系到孩子的脖子上。

无忧的童年，温存的母爱，对于没有饱吸过甘甜乳汁、没有沐浴过慈母爱怜的何明，这是多么动人的一幕呵……他的母爱来自父亲，啊！父亲……

那是国家经济困难时期，一家人的口粮不够。他正在上中学，每天带着榆树叶做的菜团子去读书，肚子成了填不满的无底洞。他的脑壳更大了，脖子更细了，脸色越发苍白。后来他发现他的饭盒里，常常会出现一块玉米面窝窝头，或土豆饼。他知道这是父亲从自己嘴里省下来，偷偷地塞进他饭盒里的。他不想要，他知道父亲也吃不饱肚子，但他抗拒不了父亲那爱怜的目光。有一天，刚吃过早饭，要上学时，父亲又把自己的一块窝窝头塞到他饭盒里。他佯装不见，背过身去，等待时机。继母和弟弟还在里屋吃饭，父亲也回到里屋收拾东西去了。他涨红了脸，忍着剧烈的心跳，偷偷地把父亲给他的窝头片送了回去，慌乱中踢倒了炉子跟前的火铲，又把父亲的饭盒盖碰掉在地。在一阵噼里啪啦乱响之后，他那举在手上的窝头片还没有放进父亲的饭盒，就遇上了继母那尖刻的目光。

"你要干什么？"

"我……"

"说呀，你们爷俩搞什么鬼！"

"不是，我……"

为了他，父亲时常和继母争执，但结果常是以继母大吵大闹和父亲痛苦的叹息而告终。他不愿意让父亲受气，慌忙说："我……我想吃父亲的干粮。"

"好啊，小馋鬼，你父亲每天要上班干活，你干啥？连你自己的父亲都不顾，还有良心吗？……快来看看你的儿子，平日里你总是护着他……你来看……"

父亲出现在厨房门口，立刻明白了发生的事情。他的面孔由于痛苦抽搐着，嚅动了几下嘴唇，一句话也没有说出来。

也许是生活的磨炼，使他早熟、聪慧。他那大大的、被同学嘲笑为"苏格拉底"式的脑壳，使他在全区中学生数学比赛中获得第二名。但这并没有改变他的命运。将近中学毕业时，父亲病倒了，两条腿浮肿得厉害。他去医院看望父亲时，父亲已经感到弥留的时间不长了，他那病态的脸上，挂着那负疚的笑容。他把何明叫到床前，用手抚摸着他那突出的脑壳，说："明儿，我对不起你，也对不起你的生母，让你受了委屈……"

一股强烈的眷恋之情油然而生，他伏在父亲身上说："爸爸，不要这样说，一切都会好起来的。我好好读书，长大了赡养你，也赡养妈妈，那时她就知道现在这样对待我不对了。"

"孩子，你不能上学了，没有我，你很难留在家里……我托人在B城给你找了工作，去学徒吧，那里有叔叔照看你。你要学会自己生活了。"

他哭了，从懂事起，第一次在父亲面前落了泪，过去有了委屈，总是默默地忍受。父亲爱抚地说："孩子，你要好好照看弟弟，你继续这样下去……会失去亲人的……"

无论他怎样眷恋，父亲还是去世了。他从此离开了学校，离开了家。那一年雪下得特别大，到处是扫不尽的积雪，踏上去发出嘎吱的声音。

"嘎吱，嘎吱……"这声音好像是从很远的地方传来，他侧耳听着，又觉得是从脚下发出来的，不，是由远而近的嘎吱声。一对挽臂相依的情侣从街口走过来，路过他身旁时，投来好奇的目光。走出好远，还一边窃笑低语，一边回头张望。

原来他在一座有雕花装饰的旧式楼房前，望着二楼一个亮着淡淡灯光的窗口，呆立了好久了。身上落满了雪花，那站立的地方留下了一双深深的脚印……像那留在心灵深处的创伤。伤口还在呻吟，还在流血……他犹豫了，为什么非要回来重温这旧日的梦魇呢？继母会欢迎他吗？他徘徊起来。一阵风裹着雪花，钻进脖子,他打了个冷战。他忙用手理了理围巾,终于下了决心,到招待所去。他最后瞥了一眼那亮着淡淡灯光的窗口,准备离去了。

这最后一瞥,竟从那亮着淡淡灯光的窗口里感到一股暖意。

他在B城已经有了一个新的家,一个当营业员的妻子,一个刚上学的儿子。妻子是温柔的,儿子是天真的,每当他回到家里,回到他们中间,他都感到一种满足。二楼那个亮着淡淡灯光的窗口,不也是一个温暖的家吗?弟弟已经结婚了,那个异母兄弟,从小受到继母的宠爱,他们和继母一定生活得很好。

"忘掉那一切吧!"

只能原谅,怎么能忘掉呢!

"你不是渴望过爱吗?"

因为那时我孤独……

"现在呢?"

现在?他已经由一个瘦弱的少年长成一个强壮的男子汉,一个初中尚未毕业的中学生,读了夜大,刚被厂里任命为技术员。是啊,一个弱者变成强者,为什么要记恨一个强者变成的弱者呢?

继母毕竟做过父亲的妻子,又是弟弟的生母,她已经年迈。在人生的道路上,一个人到了晚年,也许愿意反省过去的。

雪越下越大,那抖落干净的衣服上,又落满了雪花,眉毛、睫毛和嘴角上都挂满了白霜,他摘下手套,用手抹一把,湿漉漉的。街口又传来嘎吱的踏雪声,他害怕那投来的好奇目光,忙又抖落身上的雪，跺跺脚，大步迈进那旧式楼房。顺着那熟悉又变窄了的楼梯，上了二楼，停在一个门口。迟疑了片刻，轻轻敲响了门。

"笃笃"，没有回声，"笃笃笃"，还是没有回声。他慢慢推开了门，不由眼前一热，展现在他面前的还是十几年前的那个"家"。一张旧八仙桌，两把摇摇晃晃的椅子，两只旧木箱，一张说不上能睡几个人的大床，甚至它们的位子也没有变，只是觉得一切都变小了。空气里弥散着一股难闻的气味。

那张大床上，有一个人围着棉被，坐在那里，抱着支起的双膝，把头埋在胳臂上，脊背一起一伏，喘着气。听到动静，她抬起头来，是继母！一双明亮的眼睛混浊了，那张枯黄的、有了很深皱纹的脸，是变迟钝了，还是变温和了？似乎不再那样冷漠。

"亮儿吗？"继母眼睛闪了一下。

"不是，妈……"何明知道继母认错了人，他走到床前，让继母辨认着。忽然，她屏住呼吸，惊愕地睁大眼睛："是你？！……"她长长吁了一口气，垂下松弛的眼皮，又埋下了头。过了一会儿，才抬头睁眼问，"你……怎么回来了？"

"我来开会，顺便来看看你……弟弟呢？"

"他……"继母的脸色突然变得灰白，那衰老的脸上，流露出难言的苦痛，嘴唇颤抖着，重新把头低下；先是两肩抽搐，慢慢发出呜咽声，接着像开了闸的流水，那哭声再也收不住了。

何明这才意识到，从屋里的陈设表明，弟弟没有和继母住在一起。他曾收到弟弟寄给他的一张结婚照片，那背景是十分讲究的家具。"你弟弟，他……他不是我的儿子。"继续终于止住了呜咽，从那蠕动的嘴唇里，他断断续续地知道：弟弟和继母不和，吵翻了脸，结婚时离开了家，很少回到这里来。最近继母病了，半瘫在床上，靠好心的邻居照顾。她曾几次托人捎信，也不见他的人影。怎么？弟弟？……

弟弟呱呱落地时，给家里添了多少喜悦啊！继母那刻板的脸上也露着笑容。到医院去接继母和弟弟那天，父亲换了一件新衣服，牵着他的手，显出少有的兴冲冲的样子。只是当父亲的目光落到他身上时，脸上才掠过一丝愁影，那牵着他的温暖的大手变凉了……他想起人之初的弟弟。有一次，他正站在屋角，痴痴地望着床上的一对猫儿出神。小猫偎在母猫的怀里，甜蜜地睡着，母猫也甜蜜地睡着，它们依偎得那样紧，那样安详，好像满世界都在甜睡。这时，弟弟从外边走进来，笑嘻嘻地跷起脚把一块糖塞进他嘴里。他笑了，牵起弟弟的手。继母进来了，看到他含糖的嘴，吆喝起来："又吃弟弟的糖了，那是你吃的吗？快吐出来！"

他紧紧闭起嘴，继母伸出手来拧他的脸蛋。"哇"的一声，弟弟哭了，他拍打着继母的大腿，哭喊着："我给，我给，我给的嘛！"

"你给也不行！"继母发起火来，什么也不顾。

"我不……"弟弟坐到地上，蹬着腿，大声哭喊起来。继母终于软下来，狠狠瞪了何明一眼，抱起弟弟，宝贝长宝贝短地哄起来。

何明忍着眼泪,趴到床沿上,用手轻轻抚摸着小花猫。小花猫被吵醒了,他把嘴里的糖吐出来,放到小花猫那湿润的嘴边……他那颗孤苦的心,多么渴望爱啊!但是,随着年龄的增长,弟弟也和他疏远了,弟弟有了优越感,懂得按继母的意志行事了。他不怨恨弟弟,那是继母偏袒的结果,只是他那幼小的心灵上留下了深深的不平等的烙印。

他离家出走后,没有忘记父亲临终的嘱托。那时,弟弟常在信里诉说家境的困难,他也尽全力给家里资助,由于心理上的原因,收钱人写上弟弟的名字。这种资助从来没有间断过,就是在那史无前例的动乱时期,一切都颠倒了,他作为"修苗子""假劳模"被隔离批判时,一个好心的姑娘,会按着他的愿望,每月把钱邮回去。这个姑娘就是他现在的妻子。后来,弟弟参加了工作,结了婚,在那很少的来信中,偶然提到继母如何如何不好,没想到……

苦楚的诉说使继母疲倦了,慢慢合上那松弛的眼皮,多纹的脸上布满了泪水。屋里静下来了,何明才感到屋里很冷,取暖的炉子早就熄灭了。他起身在旧地方找到木桦和煤块;木桦劈得很大,煤也不多了。他掏出炉灰,支起木桦,将将就就点着了火。炉膛里发出呼呼的声音,屋里渐渐暖了起来。

他踱到窗前,由于天冷,玻璃窗上结上了霜花。那霜花的图案,使人想起中学教科书上画的远古时代那种奇怪植物的大叶子。这叶子又使人联想到人类的起源,联想到原始社会人类为了生存发展形成的纯朴无私的关系,联想到母系社会、父系社会的进展……他牵动着嘴角，无声地笑了。他无须怀古，也无须想象生产力水平低下、人类雏形时代的精神生活。只是现实中，在物质文明突飞猛进的时代，不应该有更高的精神文明吗？他俯下身，把前额贴到冰冷的玻璃窗上，透过霜花的空隙，向外张望着。窗口正对着一盏路灯，雪下得更大了，在路灯的光环下飘落着，飘落着。马路、屋顶、树枝，到处铺上了厚厚的雪，映得漆黑的夜空透出微光。是的，这些年来，人们尝够了世态炎凉之苦。人与人之间，同事、朋友，甚至夫妻、母子之间，也涂上了"有用的"和"没用的"色彩。人们爱的情感哪里去了？丢失了？还是被压抑在了心底？……

人们对丑恶的事情看多了，往往会失去信念，而何明一向认为，丑的东西多了，越发感到美的可贵。而对可贵的东西，不是应该加倍地追求和分外地珍惜吗？……

他回过身来，点燃了一支烟。爱，是他一向追求的，他不仅渴望着母爱、妻爱、友爱，他也渴望着去爱别的人，爱生活，爱一切美好的事物。这是他的信念。他知道，没有这种爱，人会是什么样子。可是，爱，并非都能结出甜果。母爱，这个人类最美好的情感，不是也能结出这苦涩的酸果吗？当继母用溺爱来袒护弟弟时，没有想到同时在他心中播下了自私的种子。而现在，是应该讥笑继母偏爱的报应，还是责怪弟弟天良的丧失？不，都不是。

"喵——"一只猫不知从哪里钻出来，无精打采地伸了个懒腰，走到炉子跟前，躺了下来，眯上眼睛，竟然打起了呼噜。这是那只老猫还是小猫？反正它现在衰老了，也变得无依无靠。

从床上发出一阵叹息声，这声音很轻，低沉带着战栗，深深敲打着何明的心弦。他终于下了决心，掐掉烟头，走到床前，俯下身子，轻轻地，试探着问："妈，等我开完了会，接你到B城去，那儿气候暖和，你好养病……"

继母在床上翻动一下身子，没有回答，从那翻动起的棉被里，传来老人低低的抽泣声。

不知什么时候，外边刮起风，雪花扑落到玻璃窗上，又滑落到窗台上，积起厚厚的雪堆，遮住了靠在下边的半截玻璃。街上，那无数窗口里的灯光，一个个熄灭了，像那闪动的眼睛合上了眼帘，整条街甚至整座城市都沉睡了。只有那一个亮着淡淡灯光的窗口，在夜空闪烁着，一直到深夜……

陪伴它的，是那不断飘落下来的、洁白晶莹的雪花。

啊，雪花……

她

这些天，我一直躲避她，害怕单独和她在一起，以至于有一天，发现她在下班的路上徘徊，我竟悄悄地绕开了。怎么办呢……自从她父亲出了监狱，恢复了职务，全家又搬进了将军楼，我和她的关系就不那么自然了。

我终于决定和她谈谈。说来可笑，今天早上收到素不相识姑娘的一封来信，才促使我下了决心。

下班的路上，她在前边走着，不时有人和她打招呼。她今天穿了一件圆领紧身羊绒衫，裸露着白皙的脖子，显得更加苗条，远远闻着一股香脂的气味，哦，她第一次这样打扮自己。

我唤她的名字，她站住了，转过身来，她脸色一下子变得那样苍白，嘴角抿得紧紧的，看得出，她是在极力控制自己内心的激动。

"听说你要走了？"为了打破难堪的沉默，我问。

她用惊讶的目光看着我，其实厂里谁不这样议论呢，她要远走高飞了。

"你父亲已经给厂里打了电话……"

"你就是为这个躲避我吗?"她蹙起眉梢。

"不,我从来没有躲避……"我徒劳地解释着,心里却翻了个个儿。我知道他父亲亲自给她选好了对象,是他一位老同事的儿子,自然门第相当。听厂里人说,前些天,每到下班时,总有一个仪表堂堂的小伙子,骑着摩托车在不远的街口等她,有时还会开来一辆"吉姆"。想到这,我心里感到十分难过。

"你不觉得我们的命运像是风筝后边的飘带,一点也不能主宰自己的沉浮吗?"她望着远方,低低地说。

她的话使我心头一震,眼前浮现出两年前的一幕……

也是这条街,也是下班路上,刚被厂里宣布了身份的她,在凄雨中孤独地走着,任雨水顺着头发滴下来,那湿透了的衣服裹着那消瘦的躯体,冷风一吹,抖动着,失魂落魄得像一只离群的雏鸡。当我把一件雨衣披到她身上时,她先是一愣,过了好久,那呆滞的眼睛里才涌出泪水……现在呢,到处是问候,到处是握手,投来的目光早就从冷漠变成热忱,由歧视变成羡慕。

"你在想什么?"她问。

"我……"我想什么呢?我在想那个孤独弱小的女孩子。两年来,她一直是我心中的秘密,是我生命的火花……不过,"丑小鸭"已经成为幸运的天鹅,那没有打开的心房就叫它成为永久的秘密吧。我从周围那怜悯甚至幸灾乐祸的目光里,也悟出了我们之间出现了一条不可逾越的鸿沟:"我想你应该离开这里,换一个环境会对你更好些。"

"你……你也这么想吗？"她似乎很失望，叹了一口气，从提兜里抓出一把奶糖，剥了一块，送到我嘴边，我忙伸出手来，结果竟笨拙地把糖碰掉在地上。她苦苦地望了我一眼，只好把那小巧纤细的手扣在我的手掌上。

这只手曾磨得那样粗糙，每当她涨红了脸，吃力地把二十公斤的铁板搬上机台时，我不止一次愤愤地想：为什么让一个弱小的女孩子做这样的工作呢！现在好了。

"我真的要走了，你不说些什么吗？"她心事重重，脸上现出忧郁的神色。

"希望你生活得愉快。"我想起我的使命，忙拿出那封素不相识姑娘的来信，几行整齐的仿宋体小字，邀请我今天晚上七点钟，在公园角亭等她，署名是：一个爱慕你的人。这封信既荒唐，又浪漫，但在此时，可以起到一点微妙的作用，命运已经做了如此安排，我不想让别人为难："我想告诉你，我有了女朋友。"

她把信接过去，读了起来，我期望她会惊讶，甚至应该有那么一点……我失望了，她的脸庞透出兴奋的光彩。

"你就为这个才肯见我吗？"她闪动着明亮的眼睛问，"你——去吗？"

"我应当去，说不定……"我想说句笑话，但我的喉咙干涩，脸上的肌肉一定抽搐得很难看。

她笑了，伸出手来："两年来，你无时不在关照我，给了我生活的勇气，我一直把你当成哥哥，请接受一个妹妹的祝贺。"

是的，两年来，她虽然处处表示出她的感激，但她的感情像精密的计量仪，从没有超出那准确的限度。

这时，一辆黑色"吉姆"轿车从身旁驰过，扑来一股气浪。从车窗里闪出一双注视的眼睛，我瞥了她一眼，只见她神态自若。她突然发问："哥哥，你说人生的意义是什么？"

我不假思索地回答："牺牲。"

"不。"她固执地反对，"是追求。"

"追求什么？"

"追求属于我们自己的东西。"

"为什么一定要追求呢？"我冷漠地问。

"为什么一定要牺牲呢？"她变得激动起来。

我们已经走了很远，要是往日，我会沿着这条林荫道，一直把她送到她和她母亲住的那间小屋前。现在不用了，在前边的街口就可以分手，她要从那里拐弯，回到绿树掩映的将军楼里去，也许那辆黑色"吉姆"正在那里等着她。

我站住了，向她告别。

"去吧，你应该勇敢地追求幸福，也许你会遇上一个好心的姑娘。"她低声嘱咐我，露出一丝甜甜的微笑。

她走了，又转过身来，扬着手喊："祝你幸福。"

一种可怕的孤独感袭扰着我，我觉得我从此永远地失去了她，我后悔不该让她看那封莫名其妙的信，默默地分手不是更好吗？也许正是这封信，促使她下了决心，我不责怪她，因为这正是我想要达到的目的，我们之间的鸿沟并非始建于我和她啊……

我痛苦地闭上了眼睛。

七点钟，我心神不宁地来到那陌生姑娘约会的地方，老实说，我并不是来寻求医治创伤的药剂，也不是来寻求意外的幸福，我要告诉那个轻率的姑娘，爱情不是这种公园约会的儿戏，爱是心灵、情感的结晶，是两颗心的融合……当我走近公园深处的角亭时，从丁香树丛后边，闪出一个漂亮的姑娘，圆领紧身羊绒衫，垂着眼帘，那微笑的面容带着几分羞涩，远远就闻着那股香脂的气息，呵，竟是她……

"你写信为什么不署上自己的名字？"我喃喃地问。

她偎在我的怀中，丰腴的脸庞挂满了晶莹的泪水："为什么？两年来，我害怕连累你，只能在心底呼唤：我爱你。现在……父亲地位变了，过去疏远了的人们也赶来了，又是摩托车，又是大'吉姆'，我不责怪他们。"她抬起头来，嗔了我一眼，"想不到你也变成了另外一个人，处处躲避我。我真怕你傻气得不肯来，所以……"

月光使树丛投下幽暗的影子，微风拂动花枝，夜，静极了。

"你不走了？"

"你说呢？"

在拥挤的车厢里

汽车已经到站，开关响了一下，门只开了一个缝。下边的人急了，用拳头敲，用肩膀撞，用粗鲁的语言诅咒。这时候，中国到处忙着批判孔丘的复礼，谁去管公共汽车是否拥挤。上班迟到、下班两个小时才能到家的怨言，已经不能打动人心，人们习惯了自己解放自己。唉！天冷路滑，人们望穿了眼，好容易盼来一辆车，谁肯放过。

咣的一声，门开了，上车的人往上拥，下车的人往下挤，一阵混乱。

一个十三四岁的黄毛丫头，高挑个儿，细瘦脖子，怀里抱着一个鼓胀的书包，本来跟在车门口，人群一拥，立刻被挤开了，闪了一个趔趄。但她不示弱，站稳了脚跟，迅速检查了书包里的东西有没有挤坏，重整旗鼓，看准了薄弱环节，又挤了进去。

被突破防线的是一位系灰头巾的中年妇女，眼看着小姑娘从她身旁挤过去，气不打一处来：这像什么话，一个黄毛丫头，抢孝帽子啊！真是有爹娘养没爹娘教育的。

小黄毛丫头耳不听、心不烦,一味往前挤。同时,中年妇女也终止了骂声,她看出了门道,贴着汽车挤,速度快得多,便立刻弃掉对手,贴了过去。

突然,人群中又掀起新的波动,一个膀大腰圆、动作麻利、穿一件蓝棉猴的小伙子贴着汽车,斜着肩膀挤了过来,一膀子就把系灰头巾的中年妇女拱了个趔趄,险些坐到道牙子上。她刚要发火,一看蓝棉猴的样儿,把冲到嘴边的话咽了回去,稍犹豫,立刻紧跟在蓝棉猴身后,像是被激流卷入旋窝中心,顺利地挤到了车门口。

小黄毛一只脚已经踏上了车门梯,正噘着嘴,皱着眉,往上挤着,因为身单力薄,一切努力都是徒劳的。正挤到车门口的蓝棉猴,双手扒住车门边,用胸膛一顶,把小黄毛推进了车,自己也贴了进去。跟在后面的中年妇女,一只脚踏在车梯上,身子怎么也挤不进去了。

"好了,好了,上不来等下趟车吧!"靠后车门的一块玻璃没有了,售票员戴着大口罩,探出头来,有气无力地喊着。后门没有开,她在那里遥控指挥。

"好了,好了,上边没地方了!"在下边拼命拥挤,使出浑身解数,唯恐不能如愿的乘客,脚一踏上车门,心绪立刻来了个一百八十度大转变,回过头来,也跟着喊。

蓝棉猴靠门边挤了挤,冲外面嚷着:"不要上了,等下一趟车吧,里边连喘气的空都没有了,放个屁能把人顶出去。"对于他的俏皮话,车厢里有几声干笑;车下边的人无动于衷,脸儿绷得紧紧的；等，说得好听，已经等了半个小时了，下趟车什么时候来？来了停不停？停了又能不能上去？人们宁肯争取眼前百分之一的可能，也不寄希望于缥缈的未来。挤！

"挤什么？踩我脚了！"

"怕挤别出门哪！"

"你这是什么话？"

"什么话，要好听的坐小轿车去，准有人奉承——可惜没那个命。"

"你这个人……真缺德！"

车厢里不知谁和谁在吵嘴，在这个年头，人们火气特别大，在公共场所吵架，已经见怪不怪。而车门口的人，却已经团结起来，七嘴八舌地冲外喊着："别上了，上不来了。"

只有那个小黄毛，在蓝棉猴往门边靠的时候，已经被推到第一线。她趁背后有人转动身子，找放脚地方的同时，用力一靠，闪出一块地方，让那个骂过自己，又被蓝棉猴拱了个趔趄的中年妇女贴进了车内。那被挤拧歪头巾遮住半边的脸，冲小黄毛露出和解的微笑。

车下仍有人敲打车厢，发出砰砰的声音，表示不满。司机拉了一下驾驶台的开关，门关了一下，又闪开一道宽缝。好在汽车已经出站，没人再挂车了。

"谁动开关了？"司机问。

没人回答。

"谁动门旁的开关了？"司机提高了嗓门，回过头来问。

169

"没人动。"蓝棉猴站在车门旁,只好首先表态。

"没人动。"又有几个人回答。

"没人动?车门怎么又开了,还想把汽车撑破啊!"司机没头没脑地发着火,不顺心的事太多了。

"你的电门走神了,失灵了,不玩活——这破玩意儿早该回炉了。"蓝棉猴玩世不恭的口气。

车厢里发出一阵克制的笑声。

司机还是被惹火了,停住车,转过身来问:"刚才谁动开关了?那是随便动的?把人摔出去谁负责。快说,谁动的?"

站在门口的人面面相觑,确实没人动开关。

"没人承认就不开车。"司机索性灭了火,坐下来,头也不回了。

天完全黑了,只靠车内昏暗的灯光照明,气氛僵化了,人们这才感到事情的严重性。

人们用眼睛、用压得很低的声音相互询问,好像空中乘客猜测谁是隐藏的劫持者似的,当弄清确实是开关失灵时,刚才还因为拥挤互相怒目的乘客,一下子结成了统一战线。

"太不像话了,这不是熊人!"

"无非是开车的,有什么了不起?!"

"这叫有权不用,过期作废。"

司机无动于衷,女售票员把头缩进竖起的皮大衣领子里,借着灯光,一心一意点她的零钱,好像人们争吵的是月球上的事情。

沉默,有人说火山爆发前就是这种沉默。

终于有人耐不住了,一位戴黑绒帽的长者,帽檐盖住了眉毛,长围巾遮住了下巴,整个脸只显露着瘦瘦的鼻子,他咳嗽一声,要表示公允了:"司机师傅也是为了大家好,谁动开关了,认个错就算了,啊……"

没人响应。"嗨!老头儿,你站在里头知道个啥呀!"

"要是真没人动,就别追什么责任了,司机师傅,开车吧!"

长者眼巴巴地望着驾驶台,司机连头也不回。

"唉!出门在外的,干啥都这么大火气……"长者讨了个没趣儿,一半劝解,一边下着台阶。

"搞调和,一副孔老二的面孔!"一个女学生挖苦了他一句,并送他一个白眼。长者被这孤立吓坏了,眼神有点慌乱,忙顺下眼睛。

"想拿把,没门儿。"蓝棉猴摘下猴帽,露出一张暴怒的脸,空气越来越冷。

"孩子在家饿了一天了,这司机也真是。"一位年轻的妇女小声说着,那涨满乳汁的乳房搅得她苦痛不堪。

"是啊,这大冷天的,不是作孽吗?"一位老太太在旁边小声附和着,偷偷地观察着人们的脸色,然后掏出手帕,擦那冻出来的眼泪。

"下车,不坐了。"有人赌气地喊,车厢里开始了骚动。

"别动,大家都别动。"蓝棉猴不知道什么时候坐到了门旁的铁栏上,弯着腰,挥着手喊:"谁也不许下车,大家一起跟他斗,有什么了不起的,拿人开心怎么的——等着,看他开不开车。"

"对，跟他靠。"几个青年人附和，"谁也别耍熊，不行拍他一顿，一个臭开车的，有什么了不起。"

司机终于忍耐不住了，跳起来喊："开车的又怎么样！开车就低人一等？开车就该受气？老子今天还不开了呢！"

"你是谁的老子！"

蓝棉猴腾地滑下铁栏，但人太多他伸不开手脚，只能瞪着眼，喘着粗气，头上蹦起青筋。

更多的人沉默着，听其命运的发展。

"妈，我冷，冻死我了。"车厢深处传出一个小女孩的声音，嫩嫩的有点揪人心。

"唉，这要等到什么时候呵！"显然是女孩母亲的声音。

"呜……"小女孩终于忍耐不住，哭了起来，而且一发不可收拾，哭得让人焦心。

有人轻轻地叹气，中年妇女回过头来，昏黄的灯影下，她看见小黄毛苦着脸，低着头，焦虑不安，两只眼睛里闪着两颗亮晶晶的星……

空气里聚集着什么东西，浓浓的，压得人喘不过气来，蓝棉猴开始挪动身子，旁边一个小伙子问："干啥？"

"收拾收拾这小子，谁好戏儿帮帮忙。"

几个年轻人交换着眼色。门口的人慌乱地躲闪，但人太多，只是晃晃膀子而已。形势一触即发。

突然，小黄毛抬起头来，小心翼翼移动着书包的位置，那青白的脸涨红了，她扭过脖子，冲着驾驶台吃力地喊着："司机——叔叔！"

就像中央人民广播电台突然要播发要闻，人们立刻屏住了呼吸："开关——是我——动的，你——开车吧——对不起。"

她声音很低，但每一个人都像戴上了助听器，听得清楚，真切。所有人的目光都在顺着声音传来的方向寻找。看不见——肩膀挨着肩膀，还有那伸得长长的脖子，黑乎乎像是一道道森严的城墙。

只有小黄毛周围的人，才能领略这头号新闻的快感，询问、批判、气愤的目光在她脸上扫着。气愤不是她动了开关，而是没动开关却承认动了开关，不是明明把屎盆子往自己脑袋上扣吗？真是岂有此理！这算什么货色呀？委曲求全！看来孔老二远远没有打倒，批林批孔运动决不能息鼓收兵；没有是非就是折中主义，折中主义就是修正主义；懦弱就是投降，投降就是宋江！……

蓝棉猴又坐到铁栏上，居高临下，显得格外庞大，伸出大手，越过两个人的头顶，拍在小黄毛的肩头上，大声问："你动开关了吗？"

"没……"小黄毛惶恐地低下头。

"那为什么承认？疯了？傻了？让他占了便宜。"蓝棉猴说着，朝驾驶台方向瞪了一眼，好像赌输了两张"大白边"。

"就是嘛，这孩子多管闲事。"

"显着你啦！"

小黄毛慌乱地绞着手上的书包带，惊恐地瞧瞧这个，望望那个,忍不住"哇"的一声哭起来。

哭声引起了人们更大反感,一副可怜相!一副窝囊相!一副……

只有靠在半开着车门上的那位中年妇女,用刚腾出来的双手,系好了被挤拧歪了的头巾,伏在小黄毛耳朵上,轻轻地问:"傻孩子,不是你动的开关,你承认干啥!"

小黄毛抹着眼泪,偷偷扫了一眼身边的几个金刚,抽抽泣泣地说:"车上的小妹妹冻哭了,还有阿姨……大家都急着回家。我妈妈有病……我去取药……家里一定等急了。呜呜……"

人们一时还弄不清小黄毛话的意义,车厢里又一次沉默,但已不是火山爆发前的那种沉默了。

慢慢地,有一种新的气体在车内流动,并荡漾开来,酸酸的、暖暖的、痒痒的,刺着鼻梁骨,撩着心窝窝,溶解着这冰冷紧张的气氛。人们突然感到有点无聊,有点怅惘,有点……

蓝棉猴把脸转向窗外,像是在马路上看到了熟人,其实马路上黑乎乎的,路灯十盏有八盏不亮,就是女朋友来了也未必能认出来。

那位长者吃力地从兜里掏出花镜,再一次试探想看看小黄毛的影子。那位母亲在暗中吻了一下小黄毛,颤抖地说:"别哭了,孩子,要开车了,你妈就能吃上药了,大伙就要回家了……"

司机——车厢里唯一的"胜利"者,有些茫然,他默默地打着了火,拉了一下驾驶台上的开关。门哐当响了一下,没有关紧，他迟疑了一会儿，从座位底下拽出一把螺丝刀子，递给身后一位乘客，说："劳驾，看看门顶上的螺丝是不是松了。"

螺丝刀子从一个人转到另一个人手里，默默地传到蓝棉猴跟前。他愣了一下，接过工具，掀起门顶上那残破的铁皮罩，熟练地拧紧了一个松动的螺丝，还检查了开关线路。

咣当一声，门关严了。车开动起来，本来挤得像沙丁鱼罐头似的车厢，一经摇晃，松懈多了，人们长出了一口气。

那个售票员，摘掉了大口罩，开始报站名。早上车的人知道，她一直没开口，收票也不积极，这时才发现，她原有一副甜甜的嗓子，模样儿也不错，正从连喘气的空儿也没有的车厢里，一边往前挤，一边张罗着："谁买票，请买票，省得耽误下车。"

"一张一角的。"

"五分的——两张。"

"到终点下车多少钱？"

人们守规矩多了，像表明心迹似的，主动向售票员买票。车到一个站台时，人们秩序井然，下的人往门口移动，不下的主动给让路。

"下车吗？"

"借个光。"

汽车在马路上行驶，前门开关又失灵了几次，司机再也没有发火，中间蓝棉猴还伸手帮助推过两次门。

越接近终点站，车上的人越少，后边的人想起看看小黄毛的模样儿，满车找不到一个小姑娘，不知道她在哪一站下车了。

黑色半导体

张百如在机关里当了三十年收发员,勤勤恳恳、兢兢业业,颇得机关上上下下的敬重。三十年来,政治风云、人事升迁,他看着那些科长升了处长,处长升了局长,人员调进调出,机构千变万化,唯有他依然故我。穿着一件洗得褪色的灰制服,戴着蓝套袖,坐在那张一头沉的旧办公桌前,分发报刊信件,接待外来人员,从容不迫,笑容可掬。他很爱干净。案头总是放着一块抹布,收发室窗明几净,一尘不染。钢笔、眼镜、登记簿什么的,永远放在固定的地方,干起活有条不紊。

收发室虽小,但地处咽喉,对上对下,与公与私,千丝万缕。他工作认真,胸怀坦荡,脾气随和,所以人们有事没事,都愿意在收发室坐坐。近年来政治开明,言路宽广,上访告状、求难解疑的人多了,特别那些外来办事的人员,上省进城,进机关大门逢得一张笑脸,三春暖意,心里自然欣慰。

他初当收发员时,机关那些"小张""小李"们,还蹦蹦跳跳地上楼,大声大气地说话。现在呢?无论走路的速度,说话的节奏,都缓慢多了。他们都成了资深阅广的"老"字辈。机关初建时的一位领导,现在已调省里当了副省长。"小"字辈成了"老"字号,工作之余,常聚在收发室小憩,讨论红茶菌的妙用,长寿与长跑的关系,中国的太极拳和外国的减肥术等等。他自己呢?头发白了,眼睛花了,人过花甲,也到了退休年纪。

眷恋之情人人有之,无论是普通的勤杂人员,还是哪一级干部,要离开自己熟悉和热爱的岗位,心绪总不会平静。何况像张百如这样忠于职守的老人。一想到要离开这小小收发室,就会升腾起孤独感。他想象不出,他怎么会离开收发室和收发室怎么会没有他。

总务处长找他谈了三次话,老人虽然想不通,也不能勉强和拖延。自己年纪确实大了,身体也不行了,有一次上班路上摔了一跤,一条腿变得经常麻木,医生说这是老年脑血栓的征兆,需要注意。他默默地叹息着:眷恋归眷恋,终该走了。

这一天,他正做交接的准备工作,门开了,总务处何干事抱着一个大纸箱,急匆匆走进收发室。何干事细瘦的身材,略带疲倦的脸,总是流露着匆忙的神色。他确实很忙,机关的柴米油盐,样样少不了,工作多、人手少,好在他天性乐观,努力奋斗,倒也颇能应付。他把箱子往桌上一放,大声小气地说:"老张,参观参观我买的好玩意儿。"

说着从纸箱里拿出一台半导体收音机,拉出天线,打开开关,立刻传出轻柔的歌声。

"乐声牌的,七个波段,得过金质奖,是国内名牌产品。

'乐声乐声，音乐之声，集半导体先进技术之大成，造型美观，携带方便，音质优良，传五洲时事，报四化佳音，集文化精粹，是你生活中的可靠伴侣，将给你带来幸福快乐……'"

　　何干事学着广播员的腔调，一口气把半导体收音机性能、特点做了一番介绍，不知从哪儿拿出一个耳塞，将插头插入半导体收音机内，立刻不响了。

　　"带耳塞的，方便极了，在家里听，不影响别人休息，在外边听，不招人耳目。"何干事把耳塞放进张百如的耳朵里，那轻柔婉转的歌声没了，广播员正播送新闻。他正凝神细听，一阵吱吱作响，新闻没了，又是音乐。原来何干事正拨弄转钮。

　　张百如拔下耳塞儿，问："买半导体收音机做什么？"

　　"给退休同志买的纪念品，既实用，又有意义，你看怎样？"

　　准备接替张百如做收发员的一个年轻姑娘接过去说："何干事，八十年代啦，人们需要的是大彩电、立体收音机、落地式组合音箱，小小半导体已经过时了。"

　　"几十元钱，能买什么呢？千里送鹅毛，礼轻情意重嘛！"何干事看了一眼墙上的挂钟，收起半导体收音机，抱起大纸箱，上楼去了。

　　两个年轻人的对话，勾起了张百如沉郁的思绪，他们争论半导体收音机与现代科学生活的关系，来判断它的价值。而他呢？拿上这台半导体收音机，就意味着和这心爱的岗位告别，这是对他三十多年工作的褒奖，也是他和心爱工作最后的一种联系了。

这黑色半导体收音机……他在心里暗暗思忖着。年轻人哪里知道他此时此刻的心情，更不知道这半导体收音机的价值。

退休已是不可避免了，他期待着那小小的黑色半导体收音机。

生活中常常有意外，就是最顺理成章的事情，也会发生出人意料的变化。这一天，机关为欢送退休职工开了个座谈会，会议室主宾席上坐着六位退休老人。大家喝茶，吸烟，吃糖果，领导和同志们说了许多勉励的话，退休者对欢送者的热情表示感谢。在这种场合下，人们往往会谈起久远的过去，回忆淡漠了的人和事，感叹岁月的流逝，激励后来者的有为，气氛热切而热烈。

就在人们座谈的时候，在会议室的角落里，有两人正为一件难堪的事情发愁。何干事抱来了退休人员纪念品——黑色半导体收音机。当收音机从纸箱里拿出来，摆上桌面时，总务科长才发现，六名退休人员只有五台收音机，不觉一愣。原来退休人员名单是由干部处和劳资处分别批转给总务处的，由于疏忽，何干事只看到干部处提供的人员名单，匆匆忙忙买了半导体收音机，而劳资处批转的一名勤杂工人——张百如的退休名单，一直放在处长的抽屉里。对于这样简单得不能再简单的问题，谁也没有放在心上，而毛病往往出在不应该出的地方。

总务处长埋怨的目光投向何干事，但这已无济于事，现在的问题是，这五台半导体收音机怎样发放。给谁好呢？除了张百如，其他几位都是干部，有两位还是有一定职位的领导干部。要退休了，哪能就立刻表示出不敬来呢？不给张百如，似乎也不妥，唯一的一位勤杂工人……经过一番运筹，总务处长终于下了决心，暂时不发给张百如。当然，这决不是他的名单被何干事遗忘掉了，也不是因为他是勤杂工人，他前思后想，一条主要理由是，张百如好说话，他不计较这些，何况又不是不给，晚几天就是了。

　　总务处长把他叫到一边，婉转而又得体地做了解释，张百如一口答应了。真的！他不计较这些，过去得了奖品，钢笔啦，笔记本啦，还有别的什么，常常送给机关的同志们。五十年代初期，他把一条奖给他的毛毯，送到支前办公室，赠给抗美援朝的志愿军。当然，这半导体收音机不比寻常，他把它看作是自己和革命工作的一种联系，是精神上的寄托。不是不给，只是晚几天，又不是个孩子，何必心急火燎呢。再说，总得有人拿不到嘛！总不能把这种事情推给别人。他反而安慰处长，要他不必介意，直到处长欣然为止。

　　欢送会结束，出了机关，他同一位退休干部结伴回家。那位老人开朗豁达，颇为健谈，一路上，谈太极拳、红茶菌，谈夏天钓鱼、冬天长跑，并郑重邀请张百如，他有一只舢板船，两个老头儿可以到江岔子里当当老渔翁。最后才谈到怀里抱着的半导体收音机："没有用，家里有电视机、收音机，总不能一人一台，放在家里睡大觉，多余多余。"

　　张百如很为这台半导体收音机委屈，他想说点什么，又不知说什么好，终于什么也没说。

　　回到家里，吃罢晚饭，早早上了床。儿子和儿媳在听唱片，落地式唱机嗡嗡的声音从隔壁房间里传过来，又是那分不清男女声的女中音，青年人喜欢得发狂，他却听不惯，他愿意听戏，京戏、评戏……他平时并不以自己好恶取舍，年轻人喜欢什么自管他们喜欢去。今天这分不清男女声的女中音却让他心烦、刺耳。老伴见他闷闷不乐，走过去说了些什么，隔壁房间静下来，他闭上眼睛，快快睡去。

他竟然梦见了那台黑色半导体收音机……

他开始了退休后的生活。早晨，到江边散步时，同那些退休的老头儿谈天说地，总会有意无意打听人家退休时是否领取了纪念品。比较结果，他还是满意他那黑色的半导体收音机。

当闲暇时，儿子、媳妇在他们房间里看电视，老伴在一旁唠唠叨叨，他总有点神情恍惚。他在期待着。

特别是他回忆起那有条不紊的工作岗位，那留下半生写照的收发室时，如今这般冷清寂寞，更会想到那和一切有着温暖联系的半导体收音机。

他们为什么还不送来呢？

老人总是固执的，他终于等不了啦。拿起手杖（他开始离不开手杖了），来到机关。远远望见那幢办公大楼时，油然升起的热浪，冲击他的心房。他为这座大楼服务了三十年，他知道这座大楼存在的意义，出入这座大楼的人，从事着比那台黑色半导体收音机重要得多的事业。他不能为它贡献自己微薄的力量了，为什么还要来添麻烦呢？人家没有送来半导体收音机，想必有没有送来的原因。他徘徊片刻，又回去了。谁也没有注意到，他那松弛的眼里，含着浑浊的泪水。人老了，变得婆婆妈妈的了，他抱怨自己。

一天早上，他从江边回来，一下子变得精神焕发，一边用湿毛巾擦脸，一边对老伴说："你猜我碰到谁啦？"

"谁？这么高兴。"

"刘副省长。"

"你闲疯了。他会认得你？"

"三十年前，他是机关的第一任领导，我给他赶过马车，他和我在一个小组过组织生活。"

那时，新生的共和国还没有多少小轿车，机关里只有一辆一位白俄将军留下的马车，一匹顿河种的高头大马。机关首长外出办公、开会，就乘坐这辆漂亮的四轮马车，马车夫张百如正年轻力壮，首长也不过三十来岁的小伙子，张百如叫他刘厅长，他称张百如为张同志。那时机关里多半是年轻人，在机关里住，在食堂里吃，一心无挂，朝气蓬勃，同志之间，领导和被领导之间，推心置腹，其乐融融。后来，马车淘汰了，张百如当上了收发员。

刘厅长调到省政府后，他们也没断绝往来，张百如多次听过他的报告，在省直机关劳模座谈会上，刘副省长亲自同张百如攀谈过，询问他的工作、生活情况……

这天早上他们在江边相遇时刘副省长刚逛过早市，正在看人们打太极拳。今非昔比，他再不是当年那个身穿军装、腰别手枪的小伙子了，脑门秃了一大块，剩下的头发整齐地往后梳着，那挺直的腰板和光泽的脑门儿，显得精力充沛和气度轩昂。他正在微服私访做市场调查，一眼就认出了张百如，并看出他心事重重。

"官僚主义，把什么都死板化了的冷漠的官僚主义！"刘副省长听完张百如的讲述，把手一挥说，"你去要嘛，一个人总要有点精神上的东西，这是你的政治待遇。"

"那怎么好，别人会误会的，无论如何也说不清。"

"我来干预一下，打个电话，怎么样？"

"不必了，为这样的事惊动你，反而不好，人家会说……"

刘副省长望着张百如那憨厚朴实的面容，点点头，他理解这位老人的心。"你可以先找他们谈谈，必要时我再……"

这就够了。刘副省长几句贴心话，已经熨平了他心头的委屈，有人能了解他，足以代替了一切。所以，他从江边回到家里，看到老伴时，一反往日的愁容，掩不住内心的喜悦。

吃过早饭，他又来到机关，看到他的人都向他问好，询问他退休后的生活，祝他身体健康。总务处办公室门开着，处长和何干事正忙着填什么表格，没有注意他的到来，使他进也不是，退也不是。正在为难时，何干事抬起头来，看见了他。

"老张！快进来。"何干事又让座，又倒茶，十分热情。

"怎么样？身体好吗？"处长放下工作，关心地问。

"好，好。"他忽然局促不安，不知怎样开口。

"有事吗？生活上有困难没有？"处长问，又牵肠挂肚地望了表格一眼。

"我想……问问……那个，那个……"

"半导体收音机，是吧？"何干事听懂了他的来意，忙说，"我去买过了，半导体收音机不缺，只是没有乐声牌的。商店里的售货员我认识，他们答应货到就给我来电话。我一定给你送去。"

"不着急，我是来看看大家，顺便问一问。"张百如解释着。来看什么呢？大家都很忙，他告辞了。

出了办公室，才发现头上出了汗，他掏出手帕，擦拭着，一把钥匙掉在地上，他俯身去捡，听到屋里对话：

"老张真认真啊，一台半导体收音机，还特意跑来问问。现在人心不古，都变得向'钱'看啦！连这样的人都……真没想到。"

"是啊，老张过去可不这样，过去……唉，人一上了年纪就变得什么都计较了。老了，老小孩、老小孩嘛！不过你抓紧时间，买一台送去。"

"有什么办法呢，没有货，一起退休的人发不一样的东西，怕不好吧。"

他踉跄起步，心里涌满不快。他真想返回办公室，同那个留着长头发的何干事理论理论，问问他，三十年来我何曾向"钱"看来着？……他这才感到，一个人被人了解，是多么不容易啊！他再也不来了，为一台黑色半导体收音机。

又一个月过去了，老伴终于明白他郁闷的原因，数落他说："什么值钱的东西，要是稀罕，明儿上街买一台就是了，又不是没有条件。"

儿子也说:"爸爸,不用你去,明天下班我给你买。我有一个同学在交电商店,听说到了一批日本进口的,让他们挑一台,保你满意。"

张百如瞪了他们一眼,烦躁地说:"买!买!那是花钱买来的吗?你们以为我是贪便宜。唉!说不清,说不清……"

家里人知道他身体不好,便不再作声。等他拿起手杖,上江边去了,儿子抱怨说:"妈,爸爸老了脾气变坏了,一点小事也发火,真叫人费解。"

"我跟你爸爸过了一辈子,知道他的脾气,他认准的理,谁也辩不过来,你别再惹他伤心就是了。"

过了些日子,张百如突然平静下来,按着医生的吩咐,每天早晨到江边散步,做做操。上午看看报,偶尔到儿子房里听听收音机。午后醒来帮助老伴做做家务,晚饭后又是散步,或看看电视。一切都有了规律,习惯了退休后的生活。甚至有一次,应那位老伙伴之邀,划着小舢板,到江岔子里去钓了一次鱼,鱼钓了不少,人也累坏了,体力确实不行了。

然而,这些日子他在江边散步时,再也没有见到刘副省长。他知道老领导很忙,没有闲空到江边散步。他有几次想到机关里去,每次走到能望见机关大楼时,便停下来,徘徊片刻,便又返身回去了。他仍然在想,想那黑色半导体收音机。只是他不愿意让人知道他的心事。

这天一清早,他感到不大舒服,从江边回来,躺到床上,便失去了知觉。人们立刻把他送进医院，医生进行了全力抢救，结果无效，老人因脑血栓发作，与世长辞了。

他去得太匆忙，亲人们悲痛欲绝。机关领导念他平生为人，给他开了一个隆重的追悼会，几位主要领导参加了悼念活动。总务处长致了悼词，充分肯定了他三十年的成绩，赞扬他在平凡的岗位上，做出了有意义的贡献。参加追悼会的女同志，想到他平日待人的宽厚，工作的热心，不免簌簌落下泪水。总之，死者得到了公正的评价。

但是，谁也不知道老人在最后那些日子里，埋在心底那小小的遗愿。

处理后事时，何干事才想起，那乐声牌半导体收音机还没有买到，不免一阵内疚。他太忙了，有许多事情要做，他又认为这些事情都比半导体收音机重要得多。他对总务处长解释说："我去了两次商店，也没到货，后来一忙就忘了。谁知道……"

总务处长也不免伤感，他写了一张条子，交给何干事，说："你去财务科把买半导体的钱领出来，同这个月的退休金一起，交给家属吧。"一切都做了妥善安排。至今机关里时常有人提及老人的往事，谈论着他在收发室工作时的种种好处。

过了许多天，有一辆黑色吉普轿车停在张百如家门前，从车上下来一个穿一身灰毛料制服的老人，前额的头发脱光了，他表情严峻，脚步沉重，在场的邻居看到，他怀里抱着一台黑色半导体收音机。

人们纷纷猜测，这大干部是张百如的什么人呢？